Nobuchika & Franz
「治外法権な彼氏」

震える吐息をフランツの唇が奪う。
「計算ずくじゃないところが、きみの良さであり、欠点だ。
ときどき私はきみを本気で虐めたくなるよ」
くすりと笑い、フランツは将史の身体に
半端にまとわりついている衣服を剥いでいく。
（本文P.141より）

Chara

治外法権な彼氏

佐々木禎子

キャラ文庫

この作品はフィクションです。
実在の人物・団体・事件などにはいっさい関係ありません。

目次

口絵・本文イラスト／有馬かつみ

白い窓枠に縁取られたガラスの向こうに青空が広がっていた。太陽は遠くで黄色い点の形でスパークしている。輪郭が曖昧《あいまい》にかすれた雲が、すごいスピードで走っていく。

とても風が強い日だった。

大使館のなかに入る直前に、風に煽《あお》られてかぶっていた帽子が飛びそうになって手で押さえた。

途中のことは覚えていない。記憶にあるのは、外で、待っているあいだに風に飛ばされかけた帽子のこと。次の瞬間には、室内に入り、帽子をなくさなくて良かったとホッとして椅子に座っている。

たぶんそのとき、ぼくは六歳。

せわしなく行き交う大人たちの様子を見上げ、床に届かない足をぶらぶらと揺らしていた。靴下がちょっとずり下がってきていて、感触が気持ち悪くて、引き上げようと身体を屈めた。

急に鳴り響くベルの音。驚いて顔を上げる。走りまわる大人たち。ガラスが砕ける音と、飛んできた破片。白い煙があたりに満ち、目に染みて痛い。大きな音をさせて見知らぬ大人がぼくのすぐ目の前で倒れる。

心臓が激しく脈打ち、口から飛び出そうになる。

——テロリストだって?

どこかで唐突に上がる悲鳴。言葉の意味は、当時のぼくにはわからない。テロリストってなに?

そこですべての記憶が途切れる。

断片的にしか覚えていないから、トラウマにもなりようがない。

ないはずなのに——一部の記憶だけは妙に覚えているのだ。

六歳のぼくは——大使館勤務の父をどういう理由でかひとりで訪ね、そこで思わぬ事件に遭遇した。

後日、聞いたところによると、抗議団体によるなんらかの活動のひとつで、テロリストとはまったく無縁だったとのことだ。

窓ガラスが割られ、催涙弾が投げ込まれ、慌てて駆け回った職員たちの何人かが転倒その他で軽傷を負った。死人はナシ。重傷者もナシ。

なのにその刷り込みはいまだ強力で、ぼくは「テロリスト」という言葉を聞くと、自動的に心臓がのどまでせり上がりそうになる。

その日、父とは結局会えたのかどうかすら覚えていない。どうやって帰ったのかというと、たぶん母が迎えに来たのだ。なにを思ったのか、六歳にしての大冒険。母の目を盗んで、ひとりで父のところにふらりとやって来た幼い風来坊は――やんちゃなことをした手ひどい心理的罰を、運命の神的なものに与えられて、その冒険の幕を閉じて――。

以降、ぼくは、冒険とは無縁な人生を送っている。

1

『ぼくの孤独はちいさな魚のようなものだ。たくさんの仲間の魚たちに紛れると、ぼく自身の孤独も仲間の孤独に飲み込まれ、見分けがつかなくなる。その程度でしかない平凡な孤独』

気づいたときにはそのフレーズは箭内将史《やないのぶちか》の頭の奥にぺたりと貼りついていた。

いつ、どこで覚えたのかも定かではないのにしっかり根付いていて、ふとした瞬間にそのフレーズを思いだす。

将史の脳内にはそういったガラクタ的な記憶がうずたかく積み上げられている。起承転結のない、ただの一幕のシーンのようなものやら、文章の一節やら。

そのなかでもこの文章は独特のポジションを確立していて、特に孤独を感じるシーンではなくても、ふいに蘇ってきて、その度に将史は、ひしひしと己の平凡さを噛《か》みしめるのだ。

孤独に限った話ではなく、平凡な人間は、多数のみんなと似たり寄ったりの感情を共有するのだろうなという納得。

とはいえ——将史自身が思うほど、周囲は、将史のことを平凡な人間とは思っていないらしいが。

それが将史にはいつだって問題なのだ。周囲は将史に多大な期待を寄せ、けれど将史は平凡すぎてその期待に応えることができずにいる。

等身大の自分のままでいさせてくれ——放っておいて、と暴れるには、もう遅い二十二歳。思春期はとっくに過ぎたし、反抗期もなし崩しに終えてしまった。

いまは曖昧に微笑んで、みんなの期待が通り過ぎてくれないかと首をすくめてやり過ごしている途中だ。

「——難しい漢字だ。君のこの名前、なんて読むの？」

眉間《みけん》に皺《しわ》を寄せ、若干、寄り目気味になって将史の履歴書を眺め、今日から上司となる男がフランス語で聞いてきた。

黒に近い茶色の髪をピシリと撫《な》で上げた髪型が、嫌みではなく似合っている。ハリウッド男優にいそうな男前だ。石化させたらそのまま美術品になりそうな容姿だ。

椅子に座ってこちらを見上げていたが、将史を迎え入れるように立ち上がり、手を差しのばしてきた。

均整の取れた、百九十センチ近い長身を仕立てのいいスーツで包んでいる。野性味を帯びた男らしい顔に、少し垂れた眸《め》が甘さと愛嬌《あいきよう》を加えている。長い睫《まつげ》も、眸も、髪と同じに黒に近い茶色だ。

フランツ・ハーティー——セシリア共和国の大使である。

三十歳という若さでセシリア共和国から、日本へと大使として赴任してきたエリート。物腰の優雅さは訓練の賜《たまもの》か、それとも出自が上流階級なのだろうか。

「やないのぶちか、です」

答え、握手のために差しだされた手をおずおずと握りしめる。

しっかりと握られた手のひらは厚く、力強い。生命力が手のひら越しに伝わってくる。

いましがた蘇ってきた脳内フレーズのなかに、目の前の人物を当てはめようとする。ちいさな魚となって、他の魚たちに紛れてしまうことがこのフランツ大使にできるだろうか？

いや、無理だ。

目立ちすぎる。フランツ大使は、平凡な孤独を嚙みしめるには美丈夫すぎるし、エリートすぎる。

セシリア共和国の旗が、背後に、飾られている。巨大なオーク材のデスク。壁一面の本棚。重厚な調度品ひとつひとつになんらかの曰くがありそうだ。

大使の執務室は広く、いかにも仕事ができそうな雰囲気が漂っていた。乱雑に見えない程度に抑えられた乱雑さといえばいいのか。仕事をてきぱきとこなす人間の部屋は、似たような活気に満ちている。

「うん。そう書いてあるよね。ローマ字で読みが書いてあるけど、でも本当にそうなのかと思って。おもしろいなあ。漢字」

暢気《のんき》な言い方で笑いかけられ、先刻まであった緊張が少しだけほぐれた。

「私のことはフランツと呼んでくれ。ハーティーは総務部にもうひとりいるんでね。他のみんなも私のことをフランツと呼んでいる」

大使館にバイトとして雇用されての初日。

出勤した途端、いきなり執務室に通され、そこには当然だがフランツ大使がいたわけで――。

舞い上がってしまった已に「落ち着け」と内心で言い聞かせる。

まだ着慣れないスーツのなかで、手足が強ばっている。百六十七センチしかない将史はいまどきの男にしては小柄なことがコンプレックスなので、できるならスーツは着たくなかった。スーツは、高身長でスタイルの良い男性が着てこそ、映える服装だと思っている。

でもラフな服装で初出勤なんて無理。

「きみは――綺麗な顔してるなあ」

握った手を離したあと、しばし将史を凝視したフランツが、ふいにそう言った。

どう反応していいかわからず、固まった。

大使館勤務になって、しかも通訳兼秘書としてバイトで雇われて――大使に会うことにいちいち動揺していたら、仕事にならない。

が、初対面でビジュアルをストレートに褒められた場合の切り返しの言葉なんて、考えてこなかった。どう切り返せばいい？

将史は、人によっては「綺麗」と評してくれることがある顔を持っている。男なので、面と向かってそう言ってくるのは、たいていが勝ち気な女性たちで、こんなふうにバイトの上司――しかも駐日大使に、初対面で言われることは想定外だったので、言葉が返せない。

ミスなんとかだった母を口説き落として結婚したというのが、酔っぱらったときに父がよく言う話。そしてその元ミスなんとかの母に、自分はそっくりなのだ。

柔らかな漆黒の髪に、弓なりの眉。きりっと眦《まなじり》の上がった切れ長の瞳は涼しげだ。とおった鼻筋と、全体のなかで、そこだけ肉感的な厚めの唇。

「あ、ありがとうございます」

褒められたのだから、そう返しておけばいいのか？

「東洋系ビューティーを想像したときの、そのままの顔だね。ところで、ノブって呼ばれるのと、チカって呼ばれるののどっちがいいかな」

できるものなら、どちらも嫌だが、そう言っていいのか。相手は大使で、自分は日本人のバイト。

「……どちらでもいいです」

なので、返事はそういうものになる。

大使館がバイトを募集することはままあることだ。おもに通訳を雇い入れることが多い。日本の最高学府とされる大学をこの春卒業したが、外務省に入りそびれて就職浪人となった将史には、格好のアルバイト先だった。

父親が外交官で、幼いときから各国を転々としてきた将史は、親の教育方針もあり、フランス語と英語はそこそこできる。しかし今回、雇用が決まったのは、将史が、セシリア共和国の公用語であるセシリア語を、日常会話程度なら使えるからだったと聞いた。

「じゃあチカで。チカはセシリア語ができるんだってね。まあ、座るといい」

セシリア語に切り替えて、大使が聞いてくる。

デスクを回って、応接のために用意されたソファに座り、将史にも椅子を勧める。

「できます。面接のときにお話ししましたように日常会話程度で、難しいビジネスの話や政治の話までとなるといまの語彙《ごい》では無理だと思いますが」

将史もセシリア語に切り替えて、返す。

「子ども時代にセシリア共和国で過ごしていた時期があって、それで話せるようになったと聞いている」

自分の秘書を雇うというのに、面接のとき、大使はその場にいなかった。事務官たちに囲まれて、あれこれと質問され、きっと落ちるだろうなとぼんやりしていたら――明日から来てくださいという採用の電話が自宅に入った。

たまたまその電話を受けたのが、将史の様子を見るために帰国した母だったので、それはもう大騒ぎになった。

就職浪人でプー太郎になるのではと危惧《きぐ》していた息子が、自ら、大使館のバイトに募集していて、しかも合格した、と。

両親は将史の大学四年時に受けた公務員試験不合格が衝撃だったらしい。自分たちが海外に赴任して、大学生の息子をひとり暮らしさせていたせいなのではと思っていたようだ。しかもそのあと、ふぬけたようになってのらりくらりと残りの学生生活を過ごしていた将史の様子に胸を痛めていた気配が見受けられる。

国家公務員のⅠ種試験を落ちた時点で、親が外交官だから当然のように自分も外務省にいくというレールの上の人生を、考え直してみたいなと思っていたのに、そう言いそびれた。

黙って自身の今後について考えている姿は、傍《はた》から見たら「呆然《ぼうぜん》として怠惰に過ごしている」というように見えるのだと気づいたのは、母親が、わざわざ単身で帰国して、腫れ物に触るようにして将史に接するようになってから。つまり、卒業間近あたり。

そういうところは、将史の母は過保護なのだろうか。父は多忙すぎて、将史のことまでかまっていられなかっただけだと思うが。

そして将史は、よく指摘されるように「ぼんやりとした」性格なのだろう。

ぼんやりとしていても、気遣われたり、心配されているのがわかれば申し訳なく感じる。大使館からの採用電話に、あまりに母が喜んでいたので、もうバイトするしかないぞと腹をくくった。

別に乗り気じゃなかったなんて言ったら罰が当たる。

「はい」

「調べたところによると、父親は現役の外交官で――母親も結婚まではやはり外交官だったらしいね。履歴書にそういったことを記載しなかったのはどうして？」

そこでまたフランス語に戻る。

「え……」

面接のときには質問されなかったのに、どうしていまになってそんな部分で突っ込まれるのだろうと慌てる。履歴書に書かなかったのは、それが要因で雇用されるのも、あるいはそれが要因で雇用されないのも――どちらも嫌だと感じたからだ。

親の七光りなんて外交官社会には効かないが――ゆえに将史は就職浪人になっているわけだが、それでもなんとなく嫌だった。子どもっぽいこだわりかもしれない。

とはいえ履歴書に記載しなかろうと、実際に雇用するにあたって、将史の背景は調べられたのだろう。考えてみれば当然のことだ。大使館に、身元不明の人間を雇い入れるはずがない。

つまり最終的に、バイトに雇用された要因は親の職歴ということなのかもしれない。軽い石をぶつけられた程度には、ショックだった。自分の力じゃなく、ここで親の力を借りたのかと思うと。

「両親ともに外交官だというのなら、大使館のバイトじゃなく、自分も外交官になろうと思うものじゃないのか？　なんでバイトになんて応募した？」

そこは「余計なお世話だ」と逆ギレしたくなったが――別に将史のコンプレックスをネチネチと虐《いじ》めたいがゆえにそう質問してるわけではないのは、わかっていた。

「試験に受からなかったので、なりそびれたんです。それで……」

外交官になるには人事院が実施するI種公務員試験を受け、合格することからスタートする。在学中に試験を受け、合格していたら、将史もうじうじ悩むことなく外務省を訪問したことだろう。

合格者は、三年以内に希望の官庁を訪問して、各官庁が行う実質的な面接に通過したら、希望官庁の勤務が決まるのだ。

けれど――その公務員試験を合格しなかったら、どうしようもないわけで。

「それで他の仕事にしようかと悩んで、今年の受験はやめました。受験浪人としてまだもう少し考えてから、もしまだやりたい気持ちがあるなら、あらためてまた受験に挑む予定でした。たまたまこちらの大使館のバイト募集を見て――来年また試験を受け直すにしろ、それまでの期間を働かせていただけるなら、と」

「今年の公務員試験は受けず二年も浪人生活を？　昔、住んだこともある国だし、バイトでもしてみようかと応募した？　ずいぶん悠長だな。一度、落ちた試験だというのに、そんなふうに働きながらの勉強で追いつくものなのか？」

ズバリと切り込まれ、胃が痛くなりかける。

周囲は将史の合格を信じていたが、将史自身は曖昧だった。落ちたことで「ああ、やっぱり」と思いもした。東大受験で合格したあたりで、自分の努力はもう底が尽きているように感じていた。しかも別に将史は勉強なんて好きじゃない。

ものすごく外交官になりたいと念じていたなら、それでも努力をしたのだろう。

が、そこまで思い入れるような情熱は自分には欠片《かけら》もなかった。父だけではなく親族にも外務省勤務や外交官がぞろぞろいる一族ゆえ、まわりは、もちろん将史もそうなるのだろうと決めていて——だから将史もそのレールの上をのろのろと歩いていて——でも二十歳をこえたあたりで「本当にそれでいいのか？」と遅まきながら、自分の未来について逡巡《しゅんじゅん》しはじめたのだ。

いまさらだが——まわりにそういう人材が多いからって、期待されているようだからって、それで未来を決めていいものなのかと、途方に暮れた。

自分があまりにも『他の魚に紛れてしまう、ちいさな魚』すぎて、これでいいのかと考えた。まわりの魚に合わせて仕事まで決めてしまってもいいのか？

贅沢な悩みだ。もっとシリアスで、もっと底のない苦しい悩みを抱えている人は世間にはたくさんいて——なのに将史は二十歳から二十二歳までのあいだ、ものすごく贅沢な自分の未来について悩んできた。

不合格は、その遅すぎた贅沢な悩みへの罰だと思わないでもない。もちろん実力不足と、努力不足もある。

「まあいいか。きみは綺麗だし――目の保養になる。私を面接から外したわりには、他のみんなは私好みの人間を雇用してくれたよ」

「面接から外した？」

小声でくり返し、首を傾げた。なんでまた直に下で働く通訳を雇うのに、大使を面接から外すのか？　聞き間違いだろうか。

「フランス語も英語も話せて、セシリア語も得意。もちろん日本語には明るく、日本の文化にも詳しい。私にはきみに不満はない。バイト期間は一応は一年で、以降は一年ごとに契約を更新。でも来年あらためて公務員試験を受けるなら、一年で終わるかな。辞めるときは三ヶ月前に申し出て欲しい。――今日からよろしく頼むよ。きみのデスクは隣の部屋だ」

「はい」

「チカ、きみはセシリア共和国でちいさいときに過ごしていたなら、今日がなんの日か知っているよね？」

立ち上がったフランツが将史に魅力的な目配せをして見せる。つい引き込まれて、笑顔になってしまうような独特の雰囲気。美男子のうえに、とっておきの砂糖を振りかけたみたいな、甘さを発している。

「今日？　五月十日ですよね。……すみません。わかりません」

ここは知識を披露すべきシーンではと思うが、まったくわからない。すぐに降参したら、フランツの笑みが深まる。

「では教えてあげよう。今日は抱擁記念日だ。毎年五月十日は、上司と部下が、あるいは同僚たちが、親と子でもいいし、とにかくもっと親しくなりたい相手に対して無条件で抱擁する日だ。チカ――ようこそセシリア大使館へ」

そう言って、フランツが将史の肩を引き寄せ抱きしめた。

「え、ええ？」

抱擁記念日？　そんな風習が？　あっておかしなことはないのかも。たとえばバレンタインデーだって、馴染んでいるから奇妙には感じないが、まったく知らないで「二月十四日には好きな相手や大事な友だちにチョコレートをあげることになっている」と言われたら、奇妙な記念日だと首を傾げることだろう。

「我が国が社会主義国家から独立を勝ち取り、セシリア共和国として国連に加盟するに至ったまでの苦難はチカも知っていると思う。独立宣言を放ったときに、共和国の初代大統領ルドルフ・ヴァンハイムが、国民はそれぞれに味方を、そして側にいる同胞を抱擁せよと宣《のたま》った。愛と自由こそが正義だと宣言した、その記念日だ」

フランツの大きな身体に抱きとめられる。厚い胸板。控えめな甘い香りと混じりあう煙草の匂い。抱き返すべきなのか、このままされるがままにすべきなのか——そんな風習など知らない将史は、自分の両手の置き所にしばらく迷った。

でもそれが風習というならばと、おずおずとフランツを抱き返す。遠慮がちに手をのばし、フランツの腰に回すと、フランツが含んだ笑いを零した。

「チカは可愛いな。こんなことなら抱擁記念日じゃなく、接吻記念日だと言えば良かった」

ちいさな笑いが頭上から落ちてきて「え？」と見上げる。してやったりという笑顔。

「な……んですか？　ええと、それは？」

「ごめん。嘘だよ。嘘。ちょっとした冗談。今日は抱擁記念日じゃない」

「今日はってことは……あの」

「一年三百六十五日、どの日をとっても、そんな記念日は我が国にはない。とても残念なことだ」

絶句した将史にスマートなウィンクを投げ、フランツは抱きしめていた腕をほどく。

くるりと翻り、将史の前に立って歩きだす。

固まって動けなくなっていた将史を振り返り、眉をひそめる。ついてこない将史に対しての非難が顔に浮かんでいる。

しかし——ここですぐに気持ちを切り替えて、フランツの後ろを何事もなくついていけるよ

うな神経は将史にはなく――。

「この程度のことで驚いていては私の秘書は務まらない。面接のときにそう言われてなかったのだとしたら、それはうちの事務官たちのミスだね。あとで叱っておこう」

「え……それはやめてください」

自分が臨機応変に対応できない責任が、まったく無関係な事務官に負わせられるのは困る。慌ててフランツへと足を踏み出す。

「やめてって、なにを?」

「ぼくを面接してくださった皆さんはミスなどしていません。ぼくが驚いたのは、ぼくだけの責任です。その……ぼくは……冗談に慣れてなくて」

面白くない奴か、面白い奴かの二択なら断固として面白くない奴な自覚あり。軽いか、重いかとの二択ならば確実に重い側。友人たちにもそう言われてきた。

途端、フランツが噴きだした。

「冗談って慣れるとか、慣れないとかの問題なんだろうか。はじめて聞いたな。そういう言い分は。冗談は嫌いだ、真面目にやってくれと撥《は》ねつけられたり、怒られるのはあるが――そうか、冗談に慣れていないのか」

そんなふうに笑われるようなことを言ったのだろうか。

フランツは笑顔のまま隣室へとつながるドアを開け、将史を案内すると――将史に告げた。

「いつか慣れてもらえるよう、努力しよう」

駐日セシリア共和国大使館での一日は、羽根がはえたように勢いよく飛んでいった。

初対面のときのフランツとのやり取りには度肝を抜かれたが、その後の大使は普通で――いかにも有能そうにテキパキと仕事を片付けていた。

初日なのでとりあえずの慣らしだと定時に帰宅を許可され、すぐに家に帰りたくなくて、大学の先輩を呼び出す。

チェーンの居酒屋の、ちょっと高級分類な店にふたりで入り、まずはビールで乾杯。

「就職おめでとうございます」

突然、呼び出されたのに、機嫌良く駆けつけてくれた先輩――安原隆史《やすはらたかし》がジョッキを掲げてそう言った。

「ありがとうございます。安原先輩のおかげです。――まあ、バイトですけどね」

二歳年上の安原は、東大を卒業後、業界大手の四星《よつぼし》商事に就職。研修を終えてすぐ、いきなりセシリア共和国に飛ばされ、去年一年は、セシリアで過ごしていたという過去がある。

将史に、セシリア共和国大使館でバイト募集をしているが応募してはどうかと、そう勧めてくれたのが安原だった。

「じゃあここは将史の奢《おご》りだな」

ビールを呷《あお》ってから、機嫌良く安原が言う。

「はい」

「……馬鹿。就職祝いで、就職した奴が奢ってまわるってどんな話だよ。そこは突っ込めよ」

自分から言いだしておいて、受諾したら、馬鹿呼ばわり。安原らしい。

「でも先輩のおかげでバイトの募集も知ったわけですから……」

安原の、黙っていると険しく見えがちな一重の眸に柔らかい色が灯る。切れ味の鋭そうな、いかにも日本男児といった見た目の安原は、笑顔でないときはいつでも怒っているように見える。だが、見た目を裏切り、性格は穏和で優しい。

「俺には立派な下心があるから、いいんだよ。無事に雇われたんだから、これから俺のために役立ってくれ。頼むよ、将史くん」

胸を張って言う安原に苦笑を返す。

「ひとめ惚れの相手捜し……ですよね」

安原は、現地に赴任しているあいだに、共和国の外交官の女性をパーティーで見初めたのだそうだ。仕事関係のパーティーなので、つてを辿《たど》れば相手の名前や連絡先も調べられるかと思いきや、件《くだん》の外交官は予定外のメンバーが急遽《きゅうきょ》出席したものらしく、手がかりはゼロ。

「そう。俺のまぶたの裏に染みついた赤毛の美女の面影だけが唯一の手がかりという、そんな初恋の相手を、せっかくだから捜してもらいたい」

初恋のはずがないのに、しれっとそう言ってのける。そこを突っ込むタイミングを、将史はいつも外してしまう。

「でも外交官かどうかもわからないんですよね」

結果、真面目な質問だけを口に上らせる。我ながら、気の利かない、つまらない男だ。

「わからんけど、それっぽかったから、外交官だと思うことにしている。スーツが似合ってるのに、美人ぶりを見せつけてなかったから、あれは裏方だ。そうなると通訳か外交官のひとりだと思う」

「誰かの秘書じゃ？」

「秘書はもうちょっと綺麗な色のスーツを着てることが多いんだ。地味な色でデザインだけど仕立てはいいっていうスーツを着てパーティーに来る女は、通訳か外交官だと思う。目立たないで、裏で切り回すのが仕事っていう……」

「まあ、外交官も、大使以外はだいたい地味な格好に徹しますしね」

将史の父にしろ、親族たちにしろ、自分たちを目立たせるための衣装は持っていない。黒幕に徹するためのスーツに身を包んでいる。みんなが想定しているほど、外交官や外務省勤務というのは、華やかな仕事というわけではないのだ。

政治や経済がうまく回るように、裏方に徹して、各国のあいだを取り持ち、バランスよく情報が流れるように尽力するのが仕事。

「だけど先輩、名前も年もわからないのに、ただ赤毛の美人ですって言われて、捜しだせるはずないです。大使館にバイトとして入って、先輩のひとめ惚れの相手を捜してくれっていうお願いは、さすがに……」

バイト募集の告知を見つけ、将史に勧めながら、安原は、真顔でかき口説いたのだ。ひとめ惚れした女性を捜す手助けのために、大使館の秘書バイトに応募してくれ、と。

「まあね。頼んどいてなんだけど、あてにはしてない。万にひとつの望み。——でもさあ、それを言ったら、将史だって、大使館の秘書のバイトなんて応募したって自分は万にひとつの可能性でも受かりませんよって言ってたのに——受かったじゃないか。奇跡はいつだって起こり得るのだ」

バイトに受かったことを奇跡と称されると、情けない気持ちになる。でも、応募しておいてなんだが——受かるなどとはまったく思っていなかったのは事実だ。

「本当は勉強したかったんだろうけどさ。悪かったな。変な方向に気持ちを向けさせて」

「あ……いいえ。応募してみたのは自分の意思ですし」

さらりと言われ——胸がきゅっと縮こまる。

公務員試験に受かるために大学卒業後は受験浪人の一年を過ごすべきなのに、なんでまたバイトかというと——たぶん、勉強したくなかったから、バイトに逃げたのだと、自覚しているから。

親と同じに外務省に――という以外の、目標になるべき道筋の理由が欲しかった。なってしまってから理由を探したって遅くないよと大人たちは言うし、そういう考えもあるのだろうとわかる。

わかるが――もう子どもじゃないからこそ、このまま将来を見据えてしまっていいんだろうかと惑っている。子どもの一歩は、気が変わったといってすぐに引き返せる一歩。二十二歳の自分の一歩は、踏みだしてしまったあとで「やめた」と言うことに勇気のいる一歩だ。

なんでみんな、ためらいなく、その第一歩を踏みだせるのだろう。

「試験に不合格になったのも自分の努力不足だし……一度なにかをリセットしたいって思ってたんで、ちょうど良かった。まったく見当違いのバイトってわけでもないし」

「大使館だからな。語学力も活かせるし？　親は反対しなかった？」

「むしろ喜んでましたよ」

「そういうとこ、将史の家って、ちょっと謎だよなあ。勉強しなさいって怒鳴りつける教育熱心な親じゃないんだ。好きな道を行けばいいって感じ？　いいねえ。俺もできればそういう親になりたい。まだ結婚相手すらいないけどっ」

自分でオチをつけて、ひとりで納得してビールを飲む。

「二十二歳の息子を怒鳴りつけて勉強させるわけにもいかないでしょう」

「そういうもん？　うちの親あたりだったらとっとと就職するか、もしくはがっちり勉強するかどちらかって怒るよな。なんのための東大なんだと説教。……って、それをバイト先を斡旋《あっせん》した俺が言うのもナニだ」

どう返したらいいのかわからず、困り顔で微笑む。

将史の顔をまじまじと見つめ、あーあ、と嘆息してから安原が言う。

「出た。魔性の笑み」

「なんですか。それ」

「女子たちが騒いでたの、おまえ知らないだろう？　箭内将史は口で語らず、笑顔で語る。その微笑みは魔性の笑み。困ったような、はにかんだような顔で笑われると、なにもかもを許してしまいたくなると！」

「知らないですよ。魔性って……」

けなされているのかなあと、ぼんやりと思う。魔性の笑み。それは二十歳を越えた男が言われて嬉しい台詞ではない。

「いつもボーッとしてて、つまらないっていう意味ですかね」

「なんでそうなる？　綺麗で可愛らしくて無口で感じがいいっていう意味だろうよ」

「どう曲解したらそう受け取れるか、途中経過がわかりません」

真剣に考え込んだら、安原がまたため息をついた。

「海外暮らしが長いせいなのか、おまえの感性はときどき変だ。解説必要？　あー、おまえと話すと、俺、無駄に饒舌《じょうぜつ》になるな。――まあいいや。おまえは可愛いっていうこと」

言い方は別として、実際に、可愛いなあという目で将史を見て笑うので――ならば褒め言葉なのかとありがたく受け取ることにする。

こういうときの安原の屈託ない笑顔は、説得力があった。話している内容より、表情の晴れやかさで、心が癒やされるし、勇気づけられる。精悍《せいかん》な立ち耳の大型犬が、尻尾を振ってニッと笑うように口を開いた途端、愛らしく見えるような感じ。

「そういう先輩のほうがずっと可愛いです」

真剣にそう感じたので言い返したら、安原が絶妙に渋い顔になってから、ちいさく噴いた。

「おふくろですら、もう、俺のことは可愛いなんて言ってくれないのに。おまえは俺が可愛いと、そんな真剣な顔で言うのか。参るなあ」

くは、と変な笑いを漏らしてから、つけ加える。

「かっこいいと言ってくれ。後輩男子に可愛いと言われて嬉しがるキャラじゃないんで。せめてセシリア美人の赤毛外交官ちゃんに言われたら、ドキドキできるかもしれないけどな～」

「すみません。先輩のために赤毛美人については頑張って捜してみます」

「ん。そっちは奇跡待ちしとく。――初日としては、どうだったよ、大使館。一日じゃなんの感慨も湧かないだろうけどさ。俺だって社会人一日目は、なんかわからんうちに終わってたしなあ」

ひとめ惚れの相手捜しのために大使館にバイトしろと詰め寄ってきたわりに、そこは、あっさり流される。

どちらかというと、安原の将史へのバイト斡旋は、未来像が描けず、ぐだぐだしていた将史に対するお節介がメインだったのかもしれないと、いまさらながら思いつく。ここを受けろと言ってきたときは、ものすごく真剣だったが――受かりましたの報告以降、赤毛美人についてしつこくあれこれ言ってくる気配がないのだ。

冗談交じりの言い方でしかプッシュしてこない。

「うーん。大使館は忙しかったです。秘書の方はもうひとり別にいらして、そちらの方が政治とか経済の方向の秘書役で、ぼくは通訳と文化面の秘書で」

「秘書がふたり?」

「というかはじめはひとりの秘書でまかなっていたのが、その秘書の方が退職されたので、急遽、事務方だった別な女性が秘書役に異動して、補佐として、ぼくが雇用されたような?」

一日目だと、まだ内部組織がどうなっているかも把握しきれていないのだ。

デスクの位置と内線電話の番号と自分の事務用品とパソコンと、関係のあるメールボックスなどを教わっているだけで終わってしまった気がする。

「ああ……そう、変な大使でした」

引き継ぎもしないで秘書が退職したのは、大使の変人ぶりに秘書がついていけなかったからだと、大使自身が言っていた。そのことについてはきちんと聞けずじまいのままだ。

ここの大使は変人なんですかとは、いくら将史でも、いきなり職員たちに問いかけられない。

それでも初対面時の対応で、変人なんだろうなとは把握した。

しかも「面接に大使を出すと、大使の好みで通訳を選ぶのが目に見えていたので、面接官は大使以外にしたのよ。大使は自分勝手すぎるから」と、秘書を共にこなす同室の女性にきっぱりと説明され、返事に詰まった。

フランツ大使ってひょっとして職員たちに嫌われているのか？

「変て？　フランツ大使って、三十歳で大使就任の出世街道驀進《ばくしん》中のエリートだろ？　すごい美男子だとも聞いてるぜ？　しかも家も金持ちで〜」

「美男子なのは正しいです。——エリートなのも否定できない略歴でしょうけど、でも……変なものは変としか」

具体的にどんなふうに変かの説明をかいつまんでみると、安原が「おもしろいじゃん」と声を上げて笑った。

「抱擁記念日？　いいね、それ。あればいいのに。セクハラっぽいし、モラハラの要因になりそうな記念日だけど」

「記念日だからって理由で抱擁されまくったら、あちこちで事件勃発ですよね」

「まあ——そんな、ゆる〜い大使館なら、いいんじゃないかな。箭内は真面目だから、ひとつ躓《つまず》くだけで、立ち止まっちゃうところがあるけど、わからんままでも進んでくと、突然なにかがわかる瞬間ってのもあると思うよ？　ゆるいなかで頑張ってくれ」

「え？」

「俺だって、すごくいまの会社に入りたいってわけじゃなくて、でも条件いいし、まあ入っておくかーって思って入社したわけ。そしたら、ポッと海外に飛ばされてさあ、洗濯機んなかに放り込まれた洗濯物の気分で……でも、そういうのも悪くなかったっつーか、三年目にして、この会社好きかもっていうか……」

「あの……」

やっぱり、ひと目惚れの相手がいるなんて、嘘じゃないか。安原は、ひとつの失敗で心を挫いてしまって、第一歩を躊躇《ちゅうちょ》している将史の内面を推し量り、後押ししてくれたわけで——。

「大海だと思うと航海に出るのはためらうけどさ、社会なんて、洗濯機みたいなもんなんだって。狭い、狭い、狭い。実際にさ、洗われてみるといいって」

パシッと背中を叩かれた。

「……はい」

参ったなあと思いながら、ビールを飲み干す安原を見返す。

安原が帰国してから、たまに連絡を取っているだけなのに——なんで悟られてしまったんだろう。試験に失敗したときに落ち込んでいた様子から？　そのあとで、どうするのかと聞かれても「考えてるんですけど」と言葉を濁したまま、具体的なことを答えなかったから？

――この人も、大きな魚だなあ。ひとりで泳ぐ力を持ってる。

そんなことを言ったら「なに言ってんの。俺なんて平凡な男だよ」と笑っていなされることは目に見えているが、将史は、年の差以上の、人としてのキャリアの差を、安原に感じた。

「セシリア共和国は、いい国だったよな。複雑な歴史があるわりに、風が通ってるみたいな感じがして。わりといろんな人種が混じってて、ざっくばらんっていうか？　昔、箭内が住んでたことがあるって聞いたときは、びっくりしたよなあ」

「先輩に辞令が出たときのことですよね」

「そうだよ。セシリア共和国って言われてもピンと来ねーよっとぼやいてたら『ぼく、住んでたことがありますよ。ヨーロッパと共産圏の狭間にある、いい国ですよ』だもんな。箭内、明らかにしてない過去が多すぎ！」

「だって本当に子どものときのことだし――それに、それこそ、日本では知名度のない国だから、暮らしていたって言っても、みんな反応に困るでしょうし」

「西にイタリア、東にクロアチア、北にオーストリアで地続きだもんなあ。遥か昔は、オーストリアとフランスのあいだで土地を取ったり、取られたりして過ごしてきた国だし――その後は社会主義国になっちゃうし、だけど西欧に近すぎて、社会主義が破綻《はたん》したんだよなあ。すごいよなー。冷戦の後に独立した国はあっても、冷戦が終わる前だぜ？」

「自由を愛するっていうか、なんというか元気な国ではありますよね」

それは大使館の館内の空気にも共通である。精力的な人が多いし、常に自分を主張している人が多い印象。たった一日行っただけで、職員たちの勢いの良さに飲まれてしまった。

「そうそう。俺、わりと好きだったよ。なのに行ったからピンと来るけど、行くまではまったく興味なかった国なんだよな。なんか不思議」

「独立宣言は１９８１年ですよね」

「抱擁記念日は五月十日で」

「――その記念日は、ないんですけどね。本当は」

「わりとあの国の人、冗談好きだよな。あと、いろんな血が混じってるせいか、美形が本気で多いのと、名前がどこの国のもんだかわかんないぐらい各国入り交じってるよな。名前覚えるのわりと苦労したなあ」

「そうですね。子どものときはあまり考えてなかったけど」

ふと過ぎる記憶は――過去のセシリア共和国の思い出。独立し、国連に加盟してすぐ置かれた日本大使館に、父が勤めていた。セシリア共和国で、日本大使館に父を訪ねて行ったときの記憶は、曖昧に途切れている。

牧歌的なヨーロッパの田舎の光景。広く続く緑と、遠くに連なる山。なのにその風景を思い起こすと、銃声と怒鳴り声がフラッシュバックする。

背中が冷たくなり一瞬の思考停止。

「……どうした？」

安原が気遣うように聞いてきた。

「え？」

「なんか突然、黙り込んで……目が虚ろになった」

指摘され、苦笑する。将史にとってセシリア共和国のイメージが強烈なのは、大使館で遭遇した事件のせいもあるかもしれない。好き嫌いとは別のインプット。

「目が虚ろって……ひどいなあ」

笑って流す。

「昔は、いろいろと物騒で、テロとかスパイとか騒動も多かったって聞いてるよ。俺が赴任したときはもう平和だったけどさ」

安原が、将史の内面を見透かすようなことを言いだし、ぎょっとした。

「いまはまったくそういうことのない国ですけどね」

慌ててフォローする。バイトとはいえ大使館に勤務しているのだから、そういうマイナスイメージは払拭《ふっしょく》しなくては。

「セシリア共和国が観光国になるのも、日本にとって重要な国になるのも、これからって感じだな」

安原が暢気に言う。將史も「どうなんですかね」とあやふやに応じて、ビールを飲み干したのだった。

2

決まった時間に通い、決まったことをするのは得意だ。

大使館で働きだして一週間。特別な行事予定がない場合、毎朝十時には大使を中心としたミーティングが行われる。

そこでやり取りされる会話は、はたして自分が聞いていていいのかというぐらい本格的なものだ。特に政治や経済についての関係者からの報告と、それに対応する大使との会話は、日本人の将史が聞いていると耳に痛いことも混じっている。

「――本国から、貿易による不均衡の是正についての文書が届きましたが……」

経済通商部からの報告事項に、フランツが指示を出す。各自、必要事項はメモを取っている。

緊迫したせわしなさが室内に満ちていく。

「シグナルジャーナルからインタビューしたいというオファーがありました。セシリア共和国の政治についての質問リストが事前に提出されています」

広報部からの連絡。フランツが軽くうなずき「それについては先週末にリストをもらって目を通したよ」と応じる。

シグナルジャーナルは、日本の経済雑誌だ。固い話題からゴシップに至るまで、手広く網羅した内容で知られている。ときどきとんでもない場所から有意義なニュースを拾い上げるので、株価の上下動に熱心な層にはありがたがられている。

「共産圏だった時代と独立後の我が国との状況を、政治と経済の自由度を含めて、対比させて語らせたいのだろうというリストだった。共産圏から独立して以降、自由競争に四苦八苦しているいくつかの国と比べての、うちが成功した理由を答えて帰ってくるよ。抑え気味にして、成功の秘訣を語るべきかな？」

「あまり強気の姿勢を見せても、経済界で敬遠されて叩かれますが――かといって抑えた言い方だと、日本ではほぼ知名度のない国とされてますしね」

そこからはイメージ戦略の手管。いくつかの部署で報告をまとめ、大使が決断をくだしていく。

セシリア共和国の思惑を、できるだけスムーズに日本に飲み込んでもらうようにと苦慮している。裏があるから、表があるのだなと感じる計画の数々。

「総務部からは、文書の裁断についての徹底をあらためてお願いいたします。シュレッダーのゴミについては……」

些細《ささい》なことから、大きなことまで、報告が山積み。

大使のすぐ下――ナンバー2の権力を持つ首席公使のナイベルク公使は親日家だ。

だからといって「日本のために」動くわけはない。日本人たちの機微を知った上で、自国のためになるように日本人たちを動かすべく尽力するのが仕事。

バシバシと厳しい意見が飛び交うミーティングを終えると――大使はたくさんの人びとと会う。企業のトップやら政治関係者やらが、大使を訪ねてきたり、あるいは大使のほうから相手を訪ねて行ったりもする。

将史が行うのは、通訳含め、大使が人と会うための準備だ。

事前に秘書役の女性――メアリーから、今日のフランツ大使のスケジュールの書かれた用紙をもらっているので、その相手に関しての下調べをして頭にたたき込んで通訳に出向く。

今日は講演会の予定が入っていた。フランツ大使によるセシリア共和国の車産業や鉄鋼業についての講演。

セシリア共和国は資源が豊かだ。農業国でもあるが、海に原油と天然ガスが埋まり、金などの鉱物も豊富。材料となる鉱物は豊かなのに、なぜか工業の分野では遅れていて、特に自動車においては他国との輸出入のバランスが悪い。

日本から自動車を輸入しすぎなので規制しろという声が大きくなってきている。もしくは輸入するとしたら、かわりに日本に別なものを輸出して帳尻を合わせてもらおうという動き。

――なんていうのも付け焼き刃の知識なんだけど。

将史は、バイトが決まるまで、セシリア共和国の世界の中での立ち位置なんて真剣に考えたことがなかった。

脳内で今日の講演に至るまでの状況や、今回の公演先の本間自動車のトップたちのプロフィールなどをさらっとおさらいする。そのために作ったアンチョコを取りだし、ざっと眺めていると、フランツが将史の手元を覗《のぞ》き込んだ。

「ラブレター?」

「違います」

デスクに戻った途端、ラブレターを取りだして熱心に眺めているだなんて思われたら、首にされてしまう。慌てて否定する。

「今日、これから訪問予定の会社の皆さんの略歴や、あとはちょっとした経済背景みたいなものを調べてメモにしてきたんです。ちゃんと把握していないと通訳のときに間違ったことを言うと困るので……」

「たとえばなんて書いている?　いま説明してくれ」

実はラブレターではと本気で疑われているのかと困惑しつつ、記載されていることをそのまま通訳して読み上げた。

「会社としてのデータはもちろんだが、個人についての項目がすごいな。……趣味とか、子煩《こぼん》悩《のう》なことやら娘の名前やらまでメモしてるのか」

驚いたように言われ、困ってしまう。どこまで調べればいいのかわからなくなって、手を広げていくうちに、個人的なデータをとりまとめるのがおもしろくなった結果のメモだ。

相手がどんな人間かをわかっているほうが、通訳していても、人間味があらかじめ感じられるようで楽しいというのが、この一週間でわかったため、自然とメモが細かなものへとなっていったのだ。

「うん。それ、いいな。私にもくれないか？」

「え？」

「日本語で書かれても私には読めないから、私に読める言語で、用紙一枚程度におさめてくれ。英語でもドイツ語でもフランス語でも。きみが同行するものだけではなく、予定に入っている私が会う人間については、毎朝、それを作って渡してくれ」

決定事項として、命じられる。

「はい」

簡単に言うが、ものすごい量だ。大使は、朝から晩まで複数の人間と会いつづけている。思わず、助けを求めるように視線をさまよわせた。パーテーションで区切られた隣のデスクにいる、もうひとりの秘書のメアリーと目が合う。

メアリーはおどけたようにくるりと目を回して「私は知らないわよ」というように、ちいさく肩をすくめて見せた。

「とりあえず今日の分は、行くまでの車のなかできみにレクチャーを受けたい。車では、隣に乗って、説明してくれ」

「はい。わかりました」

指示を出して、すぐに隣室へと消えるフランツ大使の背中を五秒ほど凝視して——我に返って、言われた仕事に着手する。すぐにやらないと間に合わない。講演会の会社関係者の個人資料カード作成からスタート。

「チカ？　あなたたちが講演から戻ってくるまでに、これからの大使の日程表の写しを作ってデスクに上げておくわ。頑張ってね」

脇から、メアリーの声。ブルネットの髪を無造作に束ねたスーツ姿。

フランツが将史を、ミーティングで「チカ」と呼んだので、職員みんなに「チカ」と呼ばれることになった。

「でも私がやるのはそこまでよ。そこから先はチカの仕事」

釘を刺され「わかってます」と苦笑する。メアリーにも時間が足りないことは、共に仕事をした一週間でとっくに認識している。メアリーのデスクの上の電話は、鳴りっぱなしだし、片付けても片付けてもいつも書類が山積みになっている。

「あと……チカ、ネクタイの結び目が曲がってるから、講演に行く前に直しときなさい。通訳もセシリア共和国の顔のひとつよ。大使がピシッとしてるのに、日本人通訳がそんなんじゃ困るわ」

仕事をこなしながら、将史の服装チェックまでしてしまう有能ぶり。メアリーは、将史のセシリア語やフランス語の間違いのチェックにも余念がない。勉強になるが、息を抜けない日々でもある。

「……わかりました」

メアリーのデスクの電話が鳴り、将史への注意が逸れる。慣れようと努力するまでもなく、仕事や大使館の人間たちが、将史に対してゴリ押しで押し寄せてくるので、自動的に「慣らされている」感じ。

時間が過ぎていくのが早すぎて怖いと思いながら、将史は、必死に個人資料カードのフランス語訳のカード作りに没頭したのだった。


大使館専用の特別ナンバーの車に乗り込み、フランツ大使に講演会についての資料を渡す。隣に座れと言われたから、隣に並んで座り、調べたばかりの知識を総動員して、さも有能そうなふりをして伝授する。

「チカの字は綺麗だな」

なのにフランツがまた、妙なところに反応している。

「はあ……ありがとうございます」

「変に崩してなくて読みやすい。タイプされた文字じゃなく手書きのカードというのは、いいものだ。文字には性格も出るように思う。チカは几帳面で真面目で――でも自分にちょっと自信がないのかな」

うーむと呻吟《しんぎん》し、渡したカードを食い入るように凝視している。占い師かもしくは科学捜査分析官かというような指摘に、将史は、無言になる。

「……そこで黙ってしまうってことは、当たってるか、そうじゃなきゃ呆《あき》れているのかな」

「いや、呆れてはいません」

と答えたが――呆れているのかもしれないと思い直す。資料として提出したものに対して、性格判断をしてくる大使の、突拍子のなさについていけない。

「このカードは良くできている。作ってくれてありがとう。ものは相談だが、チカ、秘書だけじゃなく私の妻にならないか？」

「は？」

今度はさすがに心底、驚いた。

「きみの仕事ぶりはこの一週間しっかり見させてもらった。私の冗談にも、きみは、いちいち怒らないでつきあってくれている。なにより顔が私の好みだし――ああ、失礼」

カードから顔を上げたフランツがそこまで言って、将史の顔を真っ正面から見つめてから、

ふと手をのばしてきた。

「え……あの」

こういうとき口をついて出るのは日本語だ。

「え、あの？　それ、日本語だね。それはどういう意味かな。——タイが曲がっている。いつか言おうと思ってたんだが、きみのタイはいつも微妙に曲がっているんだ」

将史のネクタイのノットに指先を乗せ、神妙な顔で形を整えてくれる。そういえばメアリーにも指摘されたのに——直してくるのを忘れていた。

「すみません」

至近距離にフランツの顔がある。大使に曲がったネクタイを直してもらって、いいのだろうか。いや、良くない。

だからといって、その手をはね除《の》けるわけにもいかない。立場上、無理。

こんな状況を引き起こすことになった、自分の駄目さ加減に、目眩《めまい》がしそうだ。

「几帳面なのにタイだけは毎日曲がっているっていうのは、なんというか……いいよね」

「いいんですか？」

「有能なキャリアウーマンがピシッとしたスーツとハイヒールでカツカツと床を鳴らして歩いている途中で、つっかかって転んだりするのを見るのと同じぐらいに、いいと思う」

この人はなにを言っているのだ？　呆気《あっけ》に取られたままでいたら、ネクタイを直したフランツが手を離し、笑顔になる。

「これでいい。まっすぐになったよ。で、さっきの話に戻ると、妻になってくれ」

「なれませんっ」

いつになく即決で答えが出せた。

なにがなにやら混乱していたせいである。

「ああ、すまない。言葉を間違えたな。妻じゃなく……あれだ。そう、だから秘書で通訳で、ついでに妻になってもいいじゃないかということだ」

自信満々で言われ――間違ってないのかと、真剣にいま言われたことを整理しようとする。同じことをもう一度言われただけのような？

大使は「妻」という単語をなにかと置き違えているのか？　セシリア語で話してもらったら、違う意味になるのか？

「ぼくがなにかを勘違いしているのかもしれません。妻というのは、結婚をした相手のことを示す言葉ですよね？　フランス語ではなくセシリア語、もしくは英語でお願いしていいですか？」

「日本語だと、奥さん、と聞いた」

奥さん、のところだけ、微妙なイントネーションの日本語。しかも願ったことは微妙にはずし、なぜあえて日本語で返してくるのか。頭を抱えたくなる。

日本語はほぼできない大使だから、絶対に勘違いしている。

口を開きかけた将史を、フランツが片手で制する。大きな手のひらと長い指。スッと手を上げただけなのに、空気の流れが変化する。この場を仕切っているのは、フランツだった。大使と通訳のバイトという立場の問題だけではなく――持って生まれたパワーの差。

「チカ、ちゃんと聞いてくれ。私は独身だ。独身の大使というのは珍しい。パーティーに呼ばれる度に、あるいは自分のところでパーティーを主催するときも、パートナー不在で困っている。だからといって、仕事で困るからという理由で、誰でもいいからと、とっとと結婚するなんてのは嫌だ」

「それはそうでしょうね」

フランツの言っていることが半分ほど飲み込めた。大使に限らず、欧米諸国の外交の場では、妻の存在は大きい。パーティーで招待客をもてなす妻の力量が、夫の出世を左右させることもあると聞いている。

「日本に来てからもパーティーの度に困っていた。それ以外の会議や、講演会はひとりでこなせる。ゴルフや狩猟――そういった男同士の遊びを通じての交流ばかりを優先させるにも、無理がある」

「……だからぼくに妻の役目を振って、接待をしろということですか？」

「秘書で通訳なら、ついでに妻の役目を足しても支障はないじゃないか」

妻は「ついで」でできるものじゃないが——。

「パーティーの度に、決まった女性を連れていったら、その相手の女性が勘違いをする。それも困る。かといって毎回違う相手を連れていくと、今度は、浮気で落ち着かない男だと噂される。私は大使の職についてからずっとゴシップまみれだ」

そういえば、フランツはとんでもないプレイボーイで、落ち着く気配がないのだとメアリーが嫌みを言っていたことがあった。顔はいいし、頭もいいけど、浮気男は願い下げよねと、同僚とうなずきあっていたのを小耳で挟み——女性たちは怖いななんて、ちいさくなって、聞いていないふりをしてその場から逃げたが——。

「つまりパーティーに連れていくパートナー役が必要という意味ですよね？　それは妻とは言いません」

「名称はこの際、どうでもいい」

「でも、ぼくがいつもパーティーに同行していたら、それはそれでおかしくないですか？」

「通訳で秘書だから不自然ではない。あとはきみがもっと社交性を発揮して、自信を持ってくれれば済むだけのことだ」

「そ……」

そういう問題なのか？

というより、断られる可能性を大使は一切考慮していない。決定事項のようにして、したり顔でうなずいている。

「理不尽なことは頼んでいないはずだ。私はきみにドレスを来て宝石をつけてハイヒールを履けとまでは望んでいない。ただパートナーとしてパーティーで私を補佐してくれと願っているだけだ。おかしいことか？」

言い直されたら、おかしくはない。ドレスを着るよりずっとマシだろうという比較が妙だが。それに、妻になれという頼みは、はなからおかしいが。

「日本に詳しくて、几帳面で、こういうふうに事前に細かな下調べをしてくれて――私の冗談にいちいち真顔で相づちを打って驚いてくれる相手が私には必要なんだ。そういうことだ。じゃあ、決まりだな」

「……大使？」

フランツは、手にしていたカードを指でトントンと軽く叩き、ニヤリと笑って見せた。

妻になれは、あえての冗談だった？

どこかで突っ込みを入れるべきだったらしいのに――真面目に提案されたのかと思って、真剣に対応していた。馬鹿みたいだ。

カーッと頭のなかまで熱くなる。小学校ぐらいのときの、誰かのジョークで周囲がどっと沸いているのに、自分にはその面白さがさっぱりわからず、乗り遅れてポカンとしていたときのような、いたたまれなさと羞恥とを思いだす。

「カンニングペーパーとしても邪魔にならないサイズになっている。自分用として作っていたものより、こっちのほうがさらによくまとまっているね。ありがとう」

　さらりと褒め言葉をつなげられて、リアクションを取れず、顔が引きつった。

「で、『え、あの』の意味はなに？」

　そこに話が戻るのか？

「言葉につまってしまったときの、意味のない音の羅列です」

「そうか。日本人は仕事での大切なパートナーが男性でも、その男性のことを妻の役割で呼ぶと聞いていたのだが、きみの反応からすると、それは嘘だったようだ」

　口をへの字にして、不服そうな顔つきになる。

　くるくると変わる表情に、つい目を奪われてしまう。男性的な美形の男で、これほど表情豊かな人間に、お目にかかったことがない。男性でも女性でも、美しい人間というのはえてして無表情で、いつでも冷静なものかと思い込んでいた。

　顔は二枚目なのに、やることは三枚目のコメディ俳優のよう。

　――それでも、この人がやると、なんでも上品で様になっているんだよな。

「あ……妻になれは冗談だったわけではなかったのですか？」

「プロポーズをするときは本気でするよ。冗談でプロポーズしてまわっていたら、浮気者で不誠実だという噂に拍車がかかるだけだ。私はわりとそのへんはクラシックなタイプなんだ。たとえ男性が相手であったとしても、プロポーズはもう少し格好をつけてやりたい」

「そうなんですか」

いろいろと訂正したり、聞き返したりしたいような気もするが、フランツがきっぱりと言うと――すべてが正しいような魔法にかけられてしまう。

「きみは冗談めかしたプロポーズのほうが好きなのか？」

なんでそんな話になってしまったのか。

「あまり考えたことはないんですが」

「では、いま考えて答えてくれ。日本人の結婚観やプロポーズの仕方に、少し興味がある」

「ぼくは日本人の代表というわけではないですし、人それぞれですよ？」

しかしフランツは、将史の顔をじっと見つめ――さあ、答えろという無言の圧力をかけてきた。極上の美形にこんなに近い距離でまじまじと凝視されるのは、意外と、心臓に悪いものだとこの年にしてはじめて知った。

気の利いたことを言わないとならない義務感にかられる。でもそれは将史にとっては難しい。

「ええと、その……」

「うん。わかった。すまない。私はきみを言葉につまらせてばかりいるな。有能な通訳に申し訳ない」

トンと軽く将史の腕を叩き、紳士的な笑みで締める。

「ええと、その、はたぶん、え、あの……の変化形だ。違うか？　困らせたいわけじゃなかった。許せ」

大使は、ただの変人のようでいて——洞察力に優れた良い人のようでもある。

「きみはきみのための資料を読んでいてくれ。私も自分のためにこれを頭に入れよう」

そう言って、フランツは将史が作成したカードを熟読しはじめたのだった。


大使の朝は早い。

ということを——「妻になれ」と言われた翌日に知った。

大使邸で、朝食を取りながらのミーティングをすることになったのだ。もちろんその分のバイト料も出すと言われた上に、大使専用の車が毎朝、将史《のぶちか》を迎えに来るという好待遇。

断ったけれど「だったら誰が私の妻になってくれるというのだ？」と、口を尖《とが》らせて抗議するフランツの勢いに飲まれ、なぜだか将史は、モーニングコーヒーを大使と一緒に私邸で取るということになってしまった。

つまり、大使にまでなった人物の提案を断るのは、困難だということ。

——折衝が仕事の人だもんな。しかも国同士の折衝。

外交官や大使にはいくつかのパターンがある。けれど、自国に有利に物事を運ぶためだけにすべての才覚を傾ける人たちというのはどの国の大使も共通だ。

はなから、将史ごときが、フランツの意向を無視できるわけはないのだ。

大使館のバイトに応募したときには、自分が毎朝、大使とさしむかいでコーヒーを飲むことになるなんて、思ってもいなかった。

「おはようございます」

「うん。おはよう。食事は食べてきたかな？　もしまだだったら一緒にどうだね」

大使の食事は専属のシェフが用意してくれると聞いたが、朝のせいなのか、思っていたよりずっと質素だった。

というか——日本旅館の朝ご飯のようだった。

白米と味噌汁と漬け物と焼き魚に野菜の煮物。

「日常的に、赴任した国の料理を食べるようにしている。特に朝食はね。昼と夜は仕事関係の会食が多くなるから、一般的な料理とは違ってしまう。食は文化だというしね。——味噌汁というのは、実にいい。特に、二日酔い気味の朝には最適なスープだ」

大使館で見るときより、少しだけぼんやりした笑顔でフランツが言う。

なぜかタイマーがすぐ目の前に設置されていて、フランツはものすごく真剣な顔つきでそのタイマーをセットすると、おもむろに箸《はし》を取る。

簡単な祈りの言葉を捧げてから「いただきます」とつぶやき、味噌汁に口をつける。ホッとした安らぎの表情。つづいてご飯に箸をつける。箸の持ち方が、たどたどしくて、うまく白米をつかみきれずに苦戦している。

それでもどうにか食べて——次は芋の煮物。芋を箸でつかみ、口へと運ぶ途中で箸から芋がポロリと落ちた。

「ああ〜」

この世の終わりめいた声を上げ、フランツは落ちた芋へと箸を差しだし——しかし追いかけてつかもうとした箸から、さらに芋が逃げて、床へと落下。

「……箸は私に優しくない。いつだって箸の求めることは、私には過酷なんだ」

哲学者のような憂えた顔つきで、フランツが将史に向かい、そうつぶやく。あまりにも深刻すぎて、芋が落ちた以上の深遠な問題が含まれているように聞こえた。

「刺してしまえば食べられる。しかしそれはテーブルマナーとしてはやってはいけないことと聞いている。日本人の手の器用さは異常だ。毎食、こんなことをしているだなんて！　しかも日本人はこの二本の棒で、飛んでいる蠅《はえ》を捕まえるものだと聞いている」

「……それは違います。それは宮本武蔵《みやもとむさし》という有名な剣の達人の逸話のひとつですが、普通、日本人はそこまで箸を使いこなせません」

速攻で訂正。宮本武蔵の逸話だったはずだが、たいていの日本人は箸で蠅を捕まえたりしない。

「ああ。そうだよな。——食べる道具で蠅をつかむってのは、変だと思っていた。だが、韓国人も中国人も箸で蠅を捕まえたりしないのに、どうして宮本武蔵はそんなことを？　やはりそこに日本人のなんらかのアイデンティティーがあるようにも思うが？」

フランツが、はじめて見たもののように、自分が手にしている箸をまじまじと眺めてから、ぼそりと返してくる。

「わ、わかりません」

箸と日本人のアンデンティティーについてなど、将史はいままで考えたこともない。

そのまま「食事と箸と日本人について」をテーマにした会話が少しだけつづいた。タイマーが鳴り、フランツはホッとした顔になって、箸をテーブルに置き、いそいそとナイフとフォークを手に取る。今度はスムーズに食べはじめる。

どうやら箸で食べるのは、タイマーの時間内でと決めているらしい。

前夜のパーティーがどれほど遅くまでつづこうと、そして晩餐《ばんさん》のご馳走と酒がどれほど胃に負担をかけていようと、七時には起きて身支度を整えて朝食はしっかりと取るというのがフランツのポリシーらしい。

そして、ゆっくりと新聞を読む。その数、七紙。うち、日本の新聞は二紙。

「そのために来てもらった。日本語は読めないので、きみに通訳してもらいたい」

「ぼくが？」

「そう。きみが。それから日本語の会話の先生にもなってもらう」

「――ぼくが？」

くり返して、同じ言葉を馬鹿みたいに返してしまった。

そんな話は、聞いていない。ミーティングをしたいと言われて、漠然と、今日招待されたランチの相手先のデータや、夜に会う政界の人物のデータをここで渡せばいいのだろうと作成してきただけで、経済や政治ネタの通訳の心づもりなんてしてこなかった。

しかし、この場で「できません」なんて言えない。

そもそも「できない」わけじゃない。不完全かもしれないが、通訳兼秘書として雇用された以上、これだって仕事だ。

結果、将史は、経済新聞を必死でフランツに通訳するはめに陥った。経済や政治についての語彙《ごい》はまだまだ不足なので、将史にとってもいい勉強には、なる。

その後――フランツはＰＣを立ち上げて自国のニュースをチェックし、さらに世界情勢にも目を走らせながら、将史と日本語のレッスンに一時間。

日本人にはセシリア共和国は知名度がない。フランツ曰く、覚えてもらうためには、大使自身が日本の人びとにアピールするのも大切だし、だとしたら日本語もある程度はできるようになるべきなので努力したいとのこと。

「大使、そういえば昨日のことですが――妻という言い方ではなくおそらく『女房役』のことですよね。仕事の上でのとても重要な補佐的役割をする人のことを、そのように言う日本語があります」

　家に帰って「どうして、あんな言い方になった？」と考えに考えて、やっと思いついたのだ。

「それは、妻、とどう違う？」

　妻ではないが――女房。

　この違いをどう説明したらいいのか。

「夫を支える妻のような役割を、仕事の上で行うサポート役という意味です」

「じゃあ『女房』になってくれ、と言えば良かったのか」

「……それはそれで誤解が生じます」

「だったら私はこれからいろんな人に、きみのことを『私の日本での女房です』と言えばいいんだね」

　キラキラした笑顔で言われ、さらに頭を抱えることになる。絶対にその笑顔で、その言い方だと、妙な誤解を生むに決まっている。

「やめてください」

「どうして？」

「そのときには、前置きとして『日本では仕事上での大切なパートナーを女房役と言うと聞きました』という説明を入れてから、言ってください」

「長い前振りだ」

目を瞬かせて、ちいさく笑う。「失礼」とひと言告げてから、煙草を取りだして火をつけ、美味しそうに目を細めて一服する。

フランツからはいつも煙草と香水の匂いがしている。控えめで爽《さわ》やかな香りは、煙草の匂いを適度に抑えている。この取り合わせは、人によっては「混ぜるな危険」という匂いに変化していることもあるが、フランツのそれは不快ではなく、むしろ感じが良い。

フランツはヘビースモーカーだ。今朝も、食事前にも吸い、終えてからも吸いつづけている。大使館内は禁煙の箇所が多く、フランツが煙草を吸える場所を求めて移動していると捜すのが大変だからと「執務室だけは喫煙可」に職員事情で変更されたのだそうだ。

「そう、だけど、言葉を惜しんではいけないね。わかりあえないときには、たくさんの言葉を使うものだ。同じ言語を使用している人同士でも、たくさん話し合うべきだ。まして国が違う者同士なんだから、仕方ないいね」

「そう……ですね」

当たり前のようにつづけられた言葉が、将史の胸にストンと降りた。

「きみとももっとたくさん話したい。知り合いたい。私のことももっと知ってくれ。上司としてもそうだが、個人としてもね」

穏やかな声でフランツが言う。

言葉を惜しんではいけないと、普通のこととして語れるフランツの姿勢が、好ましかった。フランツはだから朝から複数の新聞を読み、それを訳してくれと将史を呼びつけた。我が儘《まま》で強引なことと、仕事熱心とは、紙一重。

フランツがただの傲慢《ごうまん》な男で、無理に将史を迎えに寄越したわけじゃないと、きちんと理解できるから——将史は、ここにいる。コーヒーを飲んで、フランツの、日本への理解を手助けしようとしている。

心地好い風に煽《あお》られたような爽快感《そうかいかん》が、あった。

——やりがいとか、仕事が楽しいというのは、こういう気持ち？

実際に将史がやっていることが目に見えて外交的なプラスに働いているわけじゃないけれど、フランツに認められて、そしてひとつひとつ言葉にして褒められて引き立てられると、ワクワクする。

「そうですね。ぼくも大使のことをたくさん知りたいです」

素直な気持ちを口にする。将史は、フランツの仕事が——仕事を離れた姿までも、知りたいと感じはじめていた。

朝からフランツに日本語を教え、その後で一緒に出勤する。

並んで部屋に入ってきたのを見て、メアリーが、ちいさな目配せを寄越した。フランツが執務室のドアを閉めるのを見届けてから、椅子に座ったままくるりと反転し、将史に小声で言う。

「プライベートレッスンがはじまったんですってね。あなたも大変ね」

「いや、そんなに大変じゃなかったですよ？　大使は熱心だし、ぼくにとってもいい勉強になります」

「そういうこと言うと、大使がつけあがるから気をつけて！」

メアリーがピシリと告げた。

つけあがるからって、ひどい言われようだ。フランツに対して好ましい思いを感じている将史は、つい言い返してしまう。

「でも大使は本当に熱心ですよ？　話していると、こっちまでやる気になっていく。大使になる人はやっぱり違うんだなあって感心してます」

さらにフランツはとても褒め上手で、将史の仕事の些細《ささい》な部分を拾い上げ、褒めてくれる。おおざっぱに見えて、細やかな気遣いができる人だ。

「有能であればいいってもんじゃないのよ」

「そんな……」

「有能なのは私たちみんなが認めてる。自国に有利な交渉をまとめあげるのが大使の仕事よね。無茶なことを言ったり、話が通じないと苛々《いらいら》させられるのだとしても、それでもフランツ大使は、自分のペースに相手を巻き込んで、欲しいものをもぎ取ってくる。外交官としても大使としても、仕事においては彼はファイターだわ。とてもセシリア的な人材よ。日本人みたいに譲歩してばかりの人たちには、腹が立つでしょうけど」

「日本人はたしかに譲歩しがちですけど……でもぼくは、そんなに大使のことで苛々したりはしないですよ？」

なぜか将史がフランツの弁明をする側に立っている。メアリーも、おおむね、フランツには好意的な言い方だったが口調に若干の棘《とげ》が含まれているので。

「……チカが大使に苛立たないのは、きっと男だからね。私たちから見れば、あれは駄目な上司の典型よ。ヘビースモーカーで、変人で、チャーミングで、仕事はできるプレイボーイ。有能だってわかるから腹が立つ。免疫のない女の子はコロリといくのよ。だから女性の秘書は雇えなかったのよ。女性の通訳も駄目よね。うっかり好きになっちゃったら手に負えない」

「それで、ぼくが雇用されたんですか？　女性は大使との恋愛を期待してしまうけど、男なら大丈夫って理由で？」

フランツに褒められて、少しだけくすぐられた自尊心が、しゅんと萎《しぼ》む。

「なにか問題が？」

「いえ」

できれば男だという以外に、能力があったからとか、適性を見いだされたとか、なにかしら別な理由もあれば嬉しいが――メアリーにぎろりと一瞥《いちべつ》されたら、それ以上はなにも言えなくなった。

「もちろん、それだけじゃないわよ。私は面接官じゃないからあなたの採用理由はわからないけど、男だからって理由だけで秘書や通訳になれるはずないわ。でも――前任者は、勝手に大使に憧れた挙げ句、優しくされたのを誤解して有頂天になって、その後で、その気がないって大使に振られちゃったのが要因で辞職したから、女性は遠慮したかったのは確かよね」

落ち込んだのが顔に出たのか、メアリーが、とってつけたように説明する。

しかしかえって「男だから受かったのであろう」説明の補足になっていて――なんだか身も蓋《ふた》もない。

「でもメアリーは女性なのに……」

さらに思うに、女性は遠慮してくれという状態で、けれど女性なのに秘書になったということは、メアリーはよほど有能ということか。できる女オーラは前からビシビシと伝わっていたが。

「私にはパートナーがいるから」

軽く手を掲げて、左手の薬指にはめたリングを見せた。ダイヤが連なるエタニティリングが光を弾く。

それで結論づけられたとでもいうように、メアリーは唇を引き結ぶ。顎《あご》をつんと上げ、ひらりと手を閃《ひらめ》かせ、デスクにあった用紙を將史へと差し出した。本日のフランツ大使の予定表。

「週間スケジュールからの変更が一点。三日後にセシリア共和国の企業関係者が急遽《きゅうきょ》何人か来日予定で、それに伴って、今日のランチは外出。ランチ後、日本の官僚たちが割り込んで三十分の時間をもぎ取っていったわ。メンバーはその紙に書いてあるから」

「わかりました。ありがとうございます」

予定が変わって会う相手が増えたというのは、昼までに個人情報カードを新たに作れということ。自分は仕事を期待されて雇用されたわけじゃないなんて落胆している暇もない。

將史はメモを受け取り、慌てて自分のデスクに飛びついた。


ミーティングでのフランツはいつもと変わらなかった。報告のひとつひとつを真剣に聞き、鋭い質問をくり出し、ときには駄目出しをする。身を乗り出して語る姿には熱がこもっていて、どんな話の内容であろうとも、フランツが語っているというだけで興味深い内容に思えてしまう。

その後は執務室にずっと引きこもっていた。珍しく、午前中は来客の予定のない一日。その代わりというわけではないだろうが、午後からは、外出もあれば訪問予定者も多い上に、テレビ局が取材にやって来る予定も入っている。夜にはレセプションに参加と、盛りだくさんだ。

追加の個人データをメモにして、ノックをして入室する。返事がなかったけれど、部屋にいることは知っていたので三秒ほど様子を窺《うかが》ってからドアを開けた。

薄い膜がかかっているかのように、煙がこもった室内に目を瞬かせる。

換気をしないで、吸いたいだけ煙草を吸いまくっていたらしい。デスクを見ると、灰皿には吸い殻がうずたかく積もり――そして、フランツは手を前方に突き出した状態で机に突っ伏していた。

「――大使？　フランツ大使？」

最初は小声で、しかし返事がないので大きな声になり、デスクへと駆け寄る。

――まさか具合悪いっていうわけじゃ？

ふざけているのかと思ったが、まったく起き上がらない様子に、なにかの発作で倒れたのかと、ぎょっとしてフランツの肩に手をかけた。

そこで、やっと、フランツの手の甲に添付されているものに気づく。

名刺大の付箋紙《ふせんし》が貼られている。そこに書かれた殴り書き。

『起こしてくれ』

耳を澄ましてみると、フランツは健やかで規則正しい寝息を立てていた。不調の人間の息づかいではない。

付箋紙を凝視する。フランツの筆跡だ。

これはきっと最初にこの状態のフランツを発見した人に対しての、命令書の役割を果たしているのだろう。

あえてデスクで仮眠？　しかも書類に目を通している途中で力尽きたかのように、書類とペンを放りだし、デスクに突っ伏して？　それでいて手の甲に付箋紙で命令書つきという用意周到さ。

開きっぱなしだったドアの向こうで、メアリーが「どうしたの？」と声をかけてきた。

カツカツというハイヒールの音と共にメアリーがひょいと顔を覗かせる。

「あの……大使が、寝ているようで……」

「ああ、たまにそういうことがあるのよ。用事があるなら叩き起こしていいわよ。それで怒ることはないから。大使はとても寝起きがいいの」

やれやれという顔をして、慣れた口調でメアリーがそう言い放ち、何事もなかったかのようにドアの向こうに顔を引っ込める。

「ん……んん？　なに？　チカ、起こしてくれたのか。ありがとう」

あらためて起こすまでもなく、将史が側で騒いでいたのでフランツがパチリと目を開ける。

猫みたいに、突っ伏したままでのびをしてから顔を上げ、両腕を天井に引き上げるようにのばしてから、首を回す。誰でもそうなるような寝起き特有の、ふわりとした柔和な表情が、一連の動作の過程で消失する。

あっというまに、しゃっきりとした爽やかな顔に変化する。寝起きがいいというにも、ほどがある。

「で？　なんだって？　それか」

しかも勝手にそう納得し、将史が手にしていた個人情報のカードをするりと引き抜いて読み始めた。

「うん。今回のもわかりやすいよ。ありがとう」

視線を上げたときには満面の笑顔になっている。ちょっと垂れた目尻に、しわが寄っている。加齢により疲れを感じさせるのではなく、加齢の豊かさを思わせる笑いじわ。

年を取ると、表情にはそれまでの人生が加わるというのは真実のようだ。

フランツの笑顔は、相手もつられて笑うような効果を持っている。幼い子どもの笑顔もそうだが、屈託なく、本当に幸福そうに笑うからだろう。

将史は昔からこの手の笑顔の主には弱い。無条件に引き寄せられるポイントのひとつ。

「――ありがとうございます。失礼します」

軽く一礼し、部屋を出た。

脳内では、メアリーに言われた台詞がリフレインしていた。ヘビースモーカーで、変人で、チャーミングで、仕事はできるプレイボーイ。まったくだ。フランツは、メアリーが語ったそのままの人物だよなと思いながら、執務室のドアを閉じた。

3

日々が過ぎていく。

フランツや大使館での仕事——あちこちに通訳に連れ回されることに楽しみとやりがいを感じるのは、たやすかった。ひと月を越えると、仕事の流れがおおよそ把握できるようになっていた。

外交官としての仕事に目的を見いだせはしないが——言葉のやり取りを追いかけて、互いの意思疎通を確立させる仕事は、好きなのだと自覚する。

「チカ、手伝って」

執務室のドアが開き、フランツが将史に声をかける。電話でも呼べるのに、こんなふうに直に呼ぶほうが、フランツの好みらしい。

「ドア閉めて。鍵もかけて。——ここからの話は、きみと私だけの特別な秘密だ。わかるね？」

「わかりません。秘密ってなんですか？」

ひと月、ずっとフランツについて回っていたら、フランツの妙な話し方にも慣れてきていた。メアリーほど上手ではないが、やり過ごしたり、聞き流したり、否定したりということがスムーズにできるようになってきている。

フランツが煙草を指で挟み、灰皿にトントンと灰を落とす。

「パーティーを大使館で開きたいんだ。そのための手続きのすべてを、きみと私とのふたりきりで行う。招待客リストはこれだ」

さっと取りだしたリストには、著名人や各国の大使たち、企業家たちが名を連ねていた。けっこうな人数だ。八十名余り。

「これ全員ですか？」

「そうだ。まず日程を詰めて、事前に打診をして、招待状を送る。ここで注意事項。ひとりで全部やって、誰にも漏らさないこと。このパーティーへの出欠が完全にまとまって、中止できなくなる状態まで固めてしまうまでは他言無用」

「なんでですか？」

「たとえばこの人物と、この人物は、うちが主催するパーティーにはいままでふたりともに呼ばれたことがない。どうしてかっていうと政治的かつ経済的なバランスの問題。この二名を同時に呼ぶと、怒ってしまう企業がセシリア共和国の本国にあるので、呼べない」

鉄鋼関係の会社のトップと、自動車関係の会社のトップだ。

「この人物とこの人物も、たいていのパーティーでは同時に招待はしない。することがあったとしても、そのときは日本に事前にお伺いをたてたりして調整する。どうしてかというと、それはテロ関係。テロリストを誘致しやすい大物たちをいっぺんに呼ぶと、護衛のための経費がかかり過ぎるから……、って」

政治経済についての招待客については、セシリア共和国の国としての背景を把握していたらピンと来るであろう説明だが、いまの将史にはまだよくわからない。だがテロリストがらみは、すぐに理解できた。

政治的な大物を複数、ひとつの場所に集めるということは、物騒な敵をも誘致してしまうという事実。

「どうした?」

ふいにフランツが顔を近づけ、将史の顔を覗き込む。

「え?」

「いま一瞬、具合が悪そうに見えた。顔色が変わった」

「なんでもないです」

テロリストという言葉に反応して、心臓がドクンと脈打ったのを、感づかれたようだ。幼いときの記憶が蘇る。大使館の割れた窓。それから煙。テロリストだという声。断片的にしか覚えていないし、しかもあれはテロ行為とは無関係の、抗議団体の抗議行動のひとつだったというのに。

トラウマと言い立てるほどではないが、苦手な言葉のようで、一瞬、ぎょっとしてしまう。幼児期の体験というのは奇妙な痕跡を残すものだ。

「ただ……ぼくにこんなことができるかなと思っただけです。メアリーに頼んだほうが、ずっといいのに」

視線が泳ぎ、一点に止まる。名簿の名前を凝視する。

「……この方は、先日、会議に出席されてましたよね」

見覚えのある名前に、言葉が零れる。つい最近、メモを作ったばかりだ。日本の自動車トップメーカーの社長。その下に並んでいるのは、米国の自動車会社の日本支社のトップ。企業的にもライバルだが、プライベートでも犬猿の仲なのは、下調べしているときに行き着いた事実。

そうやってひとりひとりの名前についての記憶を辿《たど》っていくと——本来ならば、一ヶ所に集めないような人たちが、うまく混ぜあわさっているという、ある意味では危険なリストだと気づいた。

「あの……気のせいかもしれないのですが、栗林《くりばやし》さんと、ビリー・バートンさんは……その……」

「うん。ライバルだから反目しあってるね。だが、日本の企業と政府は、自国の貿易が、セシリア共和国に対してもそうだが、対米においても問題視されていることをもう少し理解すべきだ。特に米国はもう、貿易面で対日赤字を蓄積しつづけてはいられない」

フランツが「よく気づいたね」というように目を細める。

しかし、そういう人たちを一ヶ所に集めるのは問題なのでは？　とても雰囲気の悪いパーティーになり、水面下で腹の探り合いになるだけなのでは？

「日本企業も政府も、セシリア共和国の言うことは聞かないが、米英仏の経済事情と連携して、私が圧力をかけた場合は少しはこちらの事情を汲んでくれる。かといって招待された日本のメンバーたちが針のむしろになるってわけじゃないよ」

将史の考えていることを読み取ったかのように、フランツが説明する。

「セシリアには資源とエネルギーがある。食料もね。売りたいものがある。だから売る。とてもシンプルだ。でもね、我が国だけじゃなく――日本だけでもなく、いまも世界は経済的に困難な時期だ。そのなかで、私たちは、日本経済にこれ以上、失速されるのは困る。それは米国ももちろんそう思っている。個別の通商交渉に大使が立ち合うことはめったにないが、私はどちらかというと、それがしたいんだな」

「これは非公式の通商交渉の場ということですか？」

「それだけじゃないけどね。競合相手が賢い場合、利害が一致したときには歩み寄るのも可能だ」

言われたことを把握してから、新たな視点に立って名簿を眺めていたら、絶妙な人員が集められていることを理解できた。

「……そんなすごいパーティーだとしたら、やっぱり、ぼくじゃなく他の人が担当すべきではないでしょうか」

臆してしまってそうつぶやくと、即座に否定される。

「駄目だ。メアリーにしろ、公使にしろ、相談した途端、こんな面倒なことはやめなさいと言いだして、揉《も》めるに決まっている。日本の官僚たちや、警備の人間たちも、これだけの人間を大使館に呼ぶなんてと怒りだす」

「……そんな大事なことなのに、どうして、ぼくに？」

ピンと来ていないまま眺めていた招待客リストが、ふいに重みを増した。真顔になっているフランツの顔を見返す。

「大事だからこそ、きみとやってみたかった。それにきみは怒らない」

「重要さをまだ把握していないから怒れないだけです。このあとで事態がどういう意味を持つか調べたら、やめてくださいと直訴して、大使にこのパーティーをやめてもらおうとするかもしれないですよ？」

「それでもきみは、やめたりしないさ。――問題はあるかもしれないが、警備の手配もきっちりと行って、人間関係や政治的な問題に関しては根回しをして、その上で計画してやり遂げたら、我が国にとっては有意義な人選だ。やり遂げることに価値があることも理解したら、きみは、周囲がうるさく言うからやめておけとか、危険だからやめておけというような安全策でこの案を否定したりしない」

妙に自信を持ってフランツが告げる。茶色の眸《ひとみ》が魅惑的に輝いている。

「どこからその自信が湧いてくるんですか？」

催眠術にでもかけられているみたいに、フランツの目力にやられて、ふらふらとうなずきそうになる。

「だってきみは私の『女房役』だからね。きみとなら、できると思うんだ」

止《とど》めの笑顔。少しだけはにかんだような、甘い目元。垂れた目尻のわきに刻まれた笑いじわ。

「一緒に楽しく秘密の仕事をしよう。そして成功させよう」

気づいたときには、将史は、首肯していた。こんなふうにフランツに迫られたら、やらないなんて絶対に言えない。フランツは、将史の仕事の手腕も込みで、信頼して働きかけてくれているのだと思うと、秘密裏に持ちかけられたことが、誇らしいとさえ感じる。

厄介な仕事なのかもしれないし——他の面々ならば、やめるようにと提示する案件なのだとしても——。

うなずいた途端、フランツが招待客リストを持っていた将史の手を引いた。

「嬉しい。愛してるよ、チカ」

近づいてきた唇が、将史の唇にさらりと触れた。刹那《せつな》の、キス。

「……な？」

手にしていたリストが床に落ちる。乾いた感触が残る唇を手で覆い、呆然《ぼうぜん》とフランツを見返した。

「ごめん。頬に親愛の情をこめてキスをしようとしたら、目測を誤った。もう一回、やり直し」

動揺した将史を見て、フランツがしかつめらしい顔でそう告げ、今度は頬にくちづける。

唇を覆って固まったまま、されるがままに、頬に音高くキスをされた。

口元を覆っていた手を頬へと移動する。

「チカは、そういうところが可愛いね」

フランツが離れ、足下に散らばった招待客リストを拾い上げ、将史に手渡しながらそう笑った。

「ど……どういうところですか？」

「からかい甲斐《がい》のあるところ」

即答したフランツの手からリストをもぎ取る。恥ずかしいし、さすがにムッとする。むかついているのに――ニコニコとしているフランツを見返すと、ムッとしている理由がわからなくなる。

怒る必要のないことで怒っているような気にさせる笑顔なのだ。フランツのほうが正しくて、あの場面では、からかい混じりでキスをするのが正しい親愛の情の示し方なのではと錯覚してしまう。

——いや、それはないだろう。欧米人だって、なんだって、挨拶でするキスは唇じゃないし、この状況で同性の部下に上司がキスって絶対に変だ。

「でも、からかわないでください」

言っておいてなんだが、なにが「でも」という言葉につながるのかは自分でも謎。

するとフランツが困り顔になって、首を傾げた。

「難しいけど、善処してみるよ」

「お願いします」

引きつった真顔で応じ、リストを持ったまま踵を返そうとしたら、引き留められる。腕をつかんで後ろに引き寄せられ、バランスを崩して、フランツに一瞬だけ抱きとめられる形になった。

心臓があり得ないぐらい高鳴っている。キスで驚き、上昇した体温は、下がりきらないままさらに沸騰する。

煙草とフレグランスの混じりあった、フランツの香りがあまりにも近い。

「メアリーに見られるから、これを持って出ては駄目だよ。この部屋からの持ち出し禁止。これに関しては私の部屋で秘密裏に行わなくては」

手にしていたリストを奪い、すぐに将史の身体を離した。

「は……はい」

激しくなる動悸《どうき》を持てあまし、将史はそそくさと部屋を出た。フランツは何事もなかったかのような平気な顔で、すぐに自分の仕事へと戻っている。

自分だけがいちいち反応していることが、やけに恥ずかしかった。

親睦的な意味をかねて——そして秘密の計画を練るためにもと、その夜にフランツからディナーに誘われた。

バイトをはじめた当初、歓迎会として職員たちと酒も交えての会を開いてもらったが、フランツとふたりで夜に私用で出るのは、考えてみればはじめてのことである。

朝はいつも大使邸でコーヒーを飲んで、レッスンを含めたミーティングを行っているし、通訳のときにしろ、フランツと「ふたりきり」ということには慣れているのに、プライベートだと思うと妙な気後れを感じた。

無駄にドキドキしている。

単に、昼に、冗談でキスをされた後遺症のようなものかもしれないが。

馴染みのないフレンチレストランに誘われ、ワインでとりあえずの乾杯をする。

「日本料理のほうが良かったかな？　私も日本料理は大好きなんだが、外で食べるには高いハードルがある。箸と私との闘いで、私はいまだ箸に勝てた例《ため》しがないんだ」

フランツが難しい顔つきで言う。

大使邸での朝食は毎朝日本食で、しかも必死に二本の棒――箸をつかんで格闘している様を見ているので、つい軽く噴いてしまった。

フランツはいつも最初の十分を箸で和食と格闘することで費やしている。きっちり十分とタイマーで計測し、それで食べ切れなかった分は、ナイフとフォークに切り替えて、平らげる。タイマーが鳴った途端、カラリと晴れた明るい顔になるのを見て――そんなに憂鬱《ゆううつ》ならば箸のことは諦《あきら》めればいいのにと思わなくもなかった。

けれど毎回、ちょっとずつでも上達したと言い張り、真剣な顔で米粒をつまむことに熱心になっているフランツを見ると、いつのまにか「頑張れ」と内心で声援を送っている将史だった。

そうだ。今度、子ども用の、持ち方の練習用の箸を見繕って、フランツに贈ろう。人によっては失礼だと怒りそうな代物だが、フランツならば、笑って受け取り、それで練習してくれるような気がする。

「フレンチも好きですよ」

「そうなんだろうね。フレンチでもなんでも、きみのテーブルマナーは完璧だ。ご両親の躾《しつけ》のおかげかな？　外交官だったご両親に連れられて、各国を転々としてきた成果だな。私も、私が幼いときに両親が日本で過ごしてくれていたら良かったのに。それだったらこれほど箸と憎み合うことはなかったのに」

悲しげな顔になり、うつむいて「やれやれ」というように首を振る。芝居がかった振る舞いが、フランツの場合は実に絵になっている。箸と「憎み合う」なんて、通常ならできないけれど、フランツの場合は、実際に箸と格闘し、乱闘しているのだ。食材を落としてはいちいち大げさに落胆しながら食べている。

そして毎回、作ってくれたシェフに真剣に謝罪をする。「また落としてしまったんだ。せっかく作ってくれた料理の一部を無駄にしてしまった。あんなに美味しいのに」と。

日常では威風堂々としているフランツなのに、このときは本音でしゅんとしているのが伝わってきて、おかしな愛らしさを醸しだしている。虎とか獅子といった大型の肉食獣が、耳をふせて、尻尾を下ろして、うなだれていたら、こんなふうに見えるのだろう。

けなげで、真剣で、どこか切ない。

「きみがセシリア共和国で過ごしていたのは十六年前だったよね。十六年前というと——私もまだ十四歳だった」

「大使に十四歳だったことがあるなんて、ちょっと想像がつかないです」

「年寄り扱いしてくれるな。私にだって少年時代があった」

少しむっとした顔つきでフランツが言い返す。こんなに表情に気持ちが表れてしまうのでは、腹芸ができないではないかと心配になる。けれどフランツは大使として有能なのだと周囲が太鼓判を押している。

まわりの人に本音をさらけ出し、振り回しながら――自分に有利にすべてを進めてしまう手腕。「ふたりで秘密裏に事を運ぼう」と持ちかけられた、親善パーティーの計画もそうだ。大使はあらゆることで、大使館の職員たちや、日本の官僚たちを振り回すのだ。

その片棒を担ぐのだと思うと――自分が少しだけ大きくなったような気がした。もちろんそれは錯覚。フランツの側にいることで、自分までもが「なにかを成し遂げられる」大人物であるかのように勘違いしかけているのは、わかっている。

「あなたは、ひとりで泳いでいける魚ですから。独自の孤独や、独自の悩みを抱えて、大きな海をひとりで泳いでいく力のある魚です。ぼくは、他の似たようなちいさな魚の群れに紛れて泳ぐ」

ふと口をついて出たのは、そんな台詞。

脳裏に焼き付いているフレーズ。フランツは大きな魚で、将史はたくさんのちいさな魚の群れのなかの、たったの一匹。

フランツが将史の言葉を聞いて、少しだけ考え込んだ。次の瞬間、フランツが唇に上らせた台詞に、将史は目を丸くする。

「『ぼくの孤独はちいさな魚のようなものだ。たくさんの仲間の魚たちに紛れると、ぼく自身の孤独も仲間の孤独に飲み込まれ、見分けがつかなくなる。その程度でしかない平凡な孤独』。

——孤独な詩人、カイルの言葉だね」

「え？」

どこで覚えたのかまったく不明だった印象的な文章を、フランツが口にしたことに驚く。

「セシリア共和国の詩人の言葉だよ」

「知らなかった。そのフレーズはずっと頭のなかにあって、妙に印象的で……でもどこで覚えたのか、まったくわからなくて……」

「正直に言うと、カイルの詩はまったく売れなかった。他の詩はだから有名じゃない。でもこの文章だけは、なぜかこれをモチーフにした絵本が発売されて……。とても綺麗な海と魚たちの絵がついていて、私の妹がそれを大好きだった。絵本の内容としてはずいぶんと大人びた文章だったから、そのせいで私も覚えてしまった」

「妹さんがいらっしゃるんですか？」

「九歳年下の妹がいる。それから弟と、兄もいる。きみがこの詩を知っているとしたら、たぶんあの絵本だな。セシリア共和国の詩人なのに、なぜかあの絵本は英語版が普及していて——実際に子どもたちが読んでいるというより、ひとつのお洒落《しゃれ》アイテム的なとらえ方で売れていたのだろうね。いま思うと」

「そうなんですか。じゃあぼくが記憶していたのも、その絵本なんだ……」

絵本？　言われてみればこのフレーズと共にいつも暗い色調の海と魚の群れの絵が浮かぶ。絵と共に記憶していたということ？

「おそらく。しかしだとしたら、きみはずいぶんと早熟だったんだろうね。あれは、子どもに向けた文章ではなかった。絵も綺麗だけど、とても暗いトーンで……。そこが私には興味深くて、妹の絵本を何度もくり返し眺めた理由のひとつだけどね」

「セシリア共和国で過ごしていた時分には、ナニーがいたから。ナニーの趣味だったのかもしれないです」

子守りとして雇われた女性がいた。そのあたりの記憶は曖昧《あいまい》なのだが、ナニーの姿は写真に残っている。柔らかく丸みを帯びた、ブラウンの髪の女性。その人の目を盗んで家を抜け出て大使館まで冒険をした結果――彼女は解雇されてしまった。申し訳ないことをしたと、いまではそう思う。

「つづきがあるんだ。『そして孤独なちいさな魚たちの群れは、集まることで大きな魚の魚影を作り、海のなかをひらひらと自由に逃げていくのだ。ちいさきものの狡猾《こうかつ》さと自由さと』。子ども向きじゃないよね？」

前半よりもさらにぐさりといまの将史の胸に刺さるフレーズだ。ちいさきものの狡猾さと自由さと。自分は所詮《しょせん》は凡人で小者なのだしと、言い聞かせて、己を宥《なだ》めていることに関して揶《や》揄《ゆ》されたような気になる。

絵本なのに、なんでそんな内容なのだ？

「そっちのフレーズは覚えてないです。結局、その絵本はどんな内容なんですか？」

「そのフレーズそのままの内容だよ。最後に、ちいさな魚たちが魚影を作って、大海を逃げていく。悠々とね。なのに中途半端に大きな魚は、さらに大きな魚に食べられてしまう。たぶん絵本としては、子どもたちに、ちいさな者でもみんなで協力すれば大きな敵にも打ち勝つんだよということを教えたかったんだろうね」

「でも――狡猾って言われたら……」

「ちなみにこの絵本には第二弾があって、それはカイルの作品ではなかったけれど、やっぱり似たテーマで作られていたよ。ちいさな者が、ちいさな鞄《かばん》を持って歩いている。そこにいきあった大きな者が『ちいさな身体で荷物を運んで大変だね』と労《いたわ》り、鞄を持ったままのちいさき者を背負って歩く。助け合うといいよというのがテーマだったんだろうが、ちいさな者とその荷物を、大きな身体だからという理由だけで背負わされて山を登る巨人がかわいそうな話だった」

「巨人がかわいそうな話って、それはまた……」

「ただ、なんとなく、セシリア共和国らしいといまならわかる。どこかで皮肉っぽい視点を持たざるを得ないという。我々の国民性なのかな。助け合おうと言いながら、助けられる側の狡猾さをからかうような？　いくつかの国に取ったり、取られたりして、国主が変われば文化も変わり、人種が入り乱れている我が国の国民の取り柄は、狡猾さと自由さだ。自覚して公表しているのが、私たちの正義と良心だね」

「そうなんでしょうか」

わかるような、わからないような――。

「だけど、そうか……。本当にきみは私の国で暮らしていたんだなあっていう実感がいま湧いたよ。同じ時期、私たちはあの国にいた。では私たちはそのときにどこかですれ違っていたかもしれないね。実はきみとは最初に会ったときから、はじめて会った気がしないなと感じていた」

「そうなんですか？　でも出会っていたなら、覚えているはずですよ。あり得ない」

他の誰でもなく、フランツのような印象的な相手ならば絶対に記憶に残っているに違いない。たとえ六歳のときのことであったとしても。たとえどこかですれ違っただけの間柄であったとしても。

忘れるはずがないと――妙に強く感じることに、疑念を抱く。なんでやたらに力んで、そんなことを思っている？　フランツのことを一度でも見かけていたら、絶対に記憶しているという この自信。

「あり得ないなんて即座に否定されると少し傷つく。ロマンティックじゃないよね、きみは」

「いえ、そういうんじゃなくて……」

「そうはいっても、ある一時期に出回った絵本の文章を、いまだふたりともに覚えているっていうので、充分に運命的なものを感じないかい？　私たちは出会うべくして、出会った」

失望の表情を見せたあとで、すぐに気を取り直したかのように明るく言ってのける。

「かなり無理矢理ですよね」

こじつけのような気もしたけれど、同時に、胸がときめいたのも事実。運命とまではいわないけれど、なにかの縁でつながっているような気になり、胸がくすぐられる。

つながっているのなら嬉しいのにと思い——そう感じることに不審を覚える。どうしてフランツと運命のつながりを感じたいんだ？　嬉しいと感じる気持ちが乗っている土台を掘り返したいような、掘り返したくないような曖昧さにとらわれる。

心の内部をひっくり返したら、思ってもみなかったものが出てきそうで怖い。

——怖い？

思い浮かんだ言葉が意外なものすぎて、ぎょっとした。自分の気持ちの内面を知るのが怖いって、どういうことだ？

「きみは最近、私に慣れたせいなのか、とても冷たい。日本人はみんなそうだ。私たちに冷たい。こういうときはにっこりと笑って、運命って素敵って同意してくれればそれで丸く収まるのに！　どうでもいいときは言葉を濁して逃げていくのに、ここぞというときに絶対にイエスと言わないんだ！　きみたちは！　ノーを言うのではなく、イエスを言うのを避ける。ひどい」

「……大使？　ぼくの態度が日本人すべての態度なはずないじゃないですか」

個人的な問題だったのが、いつのまにか対日本人論に変換されてしまった。フランツは眉間《みけん》にしわを寄せ、将史を凝視している。

「女房なのに！　私の最愛の女房なのに、運命を感じないなんて、ひどい！」

「あの……大使？」

「食事のあと、別れ際に優しくキスをしてくれれば許さないでもない。セシリアの男は、愛する者のキスに弱いんだ。知ってた？」

誘うような甘い笑みを向けられ、将史の心臓がトクンと跳ねる。同性でもハッとするような笑顔に、口には出さずに、胸の内側で「お手上げ」と思う。

「知らなかったです。それに、立場的に、それはセクハラでモラハラですよ？」

こんな調子で前任の秘書に接していたのなら、それは相手もうっかりと恋に落ちてしまうだろう。美男子で有能な相手が、毎日、こんな冗談を言ってきたなら、ふらふらと引き寄せられるのは当然だ。

フランツは、メアリーが言っていたように、質《たち》が悪い男だ。駄目な上司の典型だ。

抱擁してきたり、キスをしたり、キスをねだったり……。

仕事をしているときはきりっと引き締まった顔つきなのに、こういうときは蕩《とろ》けたような甘さを醸しだす。その落差が色っぽいのだ。

完全にプライベートなときには、フランツがどんなふうになるのだろうと、妄想させるようなギャップ。スーツを着てネクタイを締めた目の前の男が、タイを外して無防備になったところを、無意識に想像してしまう。知りたくなってしまう。

将史は、男なのに。同性なのにそんなことを連想してしまう自分に動揺する。

これは――フランツが魅力的すぎるせいだ。

「こんなに好きなのに、脅さないでくれ。チカはいつもいつも、ひどい……。冷たい。女房なのに」

フランツが大きなため息をついて、肩を落としてつぶやく。意気消沈して「また振られた」とつけ足す。

「大使は女房役というものをまだ誤解したままなんだと思います」

将史の説明が足りなかった？　それともこれもまたからかいの延長線？　フランツはなにを話すときも表情豊かで――それゆえに、どれが冗談でどれが本気なのか、煙に巻かれたようになる。見分けがつかなくなる。

長くつきあっていたら、見分けられるのだろうか。

この先もずっとこの人の側にいたいという願望が将史の胸に淡く灯った。

朝の大使邸でのレッスンは、さらに慌ただしいものになった。新聞記事の通訳、日本語の勉強にプラスしてパーティーの招待客リストの検討も加わる。

「パーティーには大使館の娯楽室を使おう。家具の配置を変えてスペースを作る。あの部屋は窓が広いのがいいが――そこがちょっと厄介かな」

「どうしてですか?」

大使館は、大使邸と同じ敷地内に建てられている。セシリアの国としての裕福さを示すかのように、広い敷地に豪華な庭つきで、地下一階、地上四階建て。有名な建築家の手によるもので、調度品やインテリアにも凝っている。

「外から狙いをつけて狙撃しやすい。――というようなことを、セシリアの人間は考える。ただしここは日本だから、テロリストについてそこまで考えなくてもいいんじゃなかろうかというのは私の甘えかな?」

「どうでしょう……」

そもそもそこを考慮すると大使館でパーティーがやりたいという企画そのものが危ないのではという話になる。

「一応すべての窓は防弾ガラスなんだが――警備の人間を増員して、事前に周囲に厳戒態勢を敷くしかないかな。前にも言ったが、ここと、ここは、水面下で仲が悪いから、同時に集めようとすると公使が反対する。事前に根回しをして表面上は仲良しだというアピールをしてもらうのはありだろうに……」

対面でテーブルを挟んで座っている。テーブルには招待客リストの用紙。そのなかの、いくつかの国の外交官やその国を代表する財界人を指さし、唇を引き結んで思案顔になる。

難しい顔をしているが、話だけを聞いていると、若干、気が抜ける。

「うん？　なんでそんな不思議そうな顔になるんだ？」

将史の感情が顔に出ていたのだろう。フランツがそう聞いてきた。

「仲良しとか、仲が悪いとか……なんていうのか、大使の言い方だけを聞くと、外交についてではなく、身近な友だち同士のやりとりについて考えているような気になります」

「外交なんてそんなものだよ。すべての人間関係の延長線上に、国同士のやり取りがつながっている」

「そうなんでしょうか」

「そう。他人とうまくつきあえる人間なら、誰だってできる。誰かとつきあうとき、その相手の人となりを調べて、つきあいを深めていくのと、基本は同じだ」

「でも国同士だと、普通に人間同士が仲良くなるより、背景がいろいろあって難しいんじゃないでしょうか」

将史は外交というものに関して、なにかを勘違いして生きてきていたような気がする。大事な仕事だという部分は同じだが、自分の手に負えないような困難な仕事だと、必要以上に「大きく」とらえていたらしい。

「個人のやり取りと、そこだって同じだよ。私はチカのことが好きだから、チカのことを調べる。できるだけ会う機会を作って、チカの生活背景がどんなふうなのかを聞きだす。――チカ、恋人はいるの？」

突然の質問なので、はぐらかすこともできない。

「い、いないです」

「じゃあ、これからちょっとずつチカを口説くことにする。どうしたらチカが私を好きになってくれるか、いろいろと策を練る。楽しみだな」

笑顔で宣言された。どこまで本気に受け取ればいいのかわからず、顔が引きつる。

「まあ――そういうことだよ。経済や軍事や文化を知ることで、相手の国を知り、どうやってこちらの思惑に沿った動きをしてくれるか策略を練る。国が相手でも、個人が相手でも、基本のところは変わらないと私は思っている。知識はいろいろと必要だし、経験値によって対応が変わるとしても……」

話がまとめられ――口説く云々は冗談なのかと肩から力を抜いた。

「チカは私に好きだと言われても、嫌そうな顔もしないけど、嬉しい顔にもならないなあ。NOとは言わないのに、ＹＥＳがない。でもそういうところが神秘的で素敵だ」

フランツの口元にちいさな笑みが刻まれる。からかい混じりの口調に、将史の顔はさらに強ばる。

「国民性の違いです」

「日本人みんながチカほど愛らしかったら問題だ」

蕩けるような目で見つめられた。まるで本気でそう言っているように聞こえてしまう。稀代《きたい》のプレイボーイだ。

「愛らしいなんて言われたことないです」

目をそらして、つぶやく。

「褒めてもそうやって冷たく対応してくるのが、さらに可愛らしいよ。褒められ慣れているのか、それとも褒められ慣れていないのか、どっちなんだろう」

「どちらでもないです。ただ——真面目なので、大使の冗談にどう反応していいか困っているだけです」

真顔で訴えたら、フランツが破顔した。

「じゃあ私にまだ慣れていないっていうことだね。毎日こんなに会って話しているのに、まだ慣れてくれないなんて、手強いな。もっと頑張らなくては」

リストの上に載せられた将史の手に、手を重ねる。

「……っ」

自分でも嫌になるぐらい、心臓が跳ねた。

ただ手が触れただけなのに、どういうことなのか。手の甲から頭まで、一気に血が駆け上っていったような気がした。ざわざわとした感触。動揺のなかに、かすかな甘みが混じっている。

動揺を悟られないように取り繕い、重ねられた手を引き抜いた。

「こ……この人は日本の俳優ですよね。どうしてこの人がリストに？」

無理矢理に話を変える。声が上ずっているのが自分でもわかる。

「この男優は日本のテレビの旅行番組で、セシリアに来てくれたことがある」

「ああ、そうなんですか」

外交官と財界人。さらにファッションデザイナーや文化人、芸能人に至るまで網羅されている。

どこからどうやって、なにをつないだらこの人選になったのかが謎の取り合わせだが、大使がひとりひとり招待したい理由を説明すると、なるほどと納得できる。

同じような経過を辿って独立宣言をした国の外交官。現在、きな臭い状態に巻き込まれている国の外交官や財界人。領土問題で揉めている国の人びと。日本で活躍しているセシリア共和国からの出張組の企業人。デザイナーは最近セシリア共和国で採掘した宝石もデザインしている。そのデザイナーの服や靴が好きな女性たちが何名か。とある外交官夫人がとても好きな芸能人。

蜘蛛《くも》の巣の巡らせた糸を辿っていくように、ひとつひとつがつながっていく。

はじめは、なにをどうしたらいいのかと不安だったが、概要を説明されると、反対ポイントはないのではと思う。

警備の手配と、あとは外交上あまり好ましくないという組み合わせのメンバーたちへの根回しさえクリアすれば良いようだ。根回しに関しては、フランツが事前に配慮すると請け合った。

「チカにやってもらいたいのは、こっそりと電話をかけまくって、このメンバーのスケジュールの確認を事前にまとめることと、招待状作成と郵送に、出欠のとりまとめかな。それからパーティーに関するあれこれ。食事とか飲み物とかウェイターとか」

「デリバリーサービスを頼むのが一番でしょうね」

「パーティーをいくつもやっている慣れたサービス会社を知っているかい？」

「探します」

もやもやと胸に溜まるものの正体を見極めたくなかった。だから将史は意識を仕事へと切り替え、積極的に質問や意見を交換しあうことにしたのだった。

4

いつもの業務にプラスしてパーティーの手配。秘密にしてくれと言われたから、メアリーにも伝えないでこっそり働いている。

フランツとの仲が親密になっていくに従って——将史は働くことの楽しみと同時に、おかしな息苦しさをも抱えこんでしまっていた。

フランツのスキンシップ過剰なところや、いつも言ってくる「可愛い」とか「好きだ」という台詞をどうしても意識してしまう。さらっと流せたらいいのに、無視できないのだ。

充実感のなかに含まれる、足下の定まらない空しさ。

そんななかで安原《やすはら》からの誘いのメールをもらい、仕事を終えたあとで、ふたりで久しぶりに待ち合わせることになった。

待ち合わせ場所につくとまだ時間があったので、ファッションビル内をなんとなく歩く。生活雑貨や食器が売られている店で、そういえば、箸をきちんと持つための躾け箸があっただろうかと探してみた。

ある。

「あった」

指をのせる部分に丸い輪がついていて、輪のなかに指をくぐらせると、箸がちゃんと持てるようになるらしい。親戚の子どもが過去にそれで箸の持ち方を躾けられていたのを見たことが

この箸を持って――と、フランツの姿を脳裏に浮かべる。真剣な面持ちで、毎朝、タイマーをセットして箸を使うフランツ。この箸を贈ったらきっとこれで練習をするだろう。うまく使えるようになったら、自慢げな満開の笑顔になるに違いない。

考えていたら――胸がふわふわと暖かくなった。楽しげなフランツを想像するだけで、将史まで幸福になってしまう。

うきうきとした気分で箸を買い、待ち合わせ場所に戻る。

少し離れていたあいだに安原が到着していて、ビルの入り口ににょきりと立っていた。

「箭内《やない》、なにニコニコして歩いてるんだよ」

慌てて急ぎ足で安原のもとに向かったら、安原にまずそう言われた。

「待たせてすみません。ぼく、ニコニコしてましたか？」

「してた。してた。よっぽど楽しいことがあったっぽいな。よし、その楽しいことについて今夜はたくさん聞かせてもらおう」

がしっと肩に手を回し、引き連れていく。

「そんな聞かせて楽しい話はまったくないんですけど」

「まあまあ遠慮すんな」

自動ドアを抜けて雑踏のなかを歩きだす。そういえば安原もわりとスキンシップ派だ。ちょっとしたときに、こうやって肩に手を回して誘導して歩く。すぐに手を離すし、だからどうだと思ったこともなかったが。

安原の態度は体育会系の男子先輩らしい動きで、将史に限定したものではないというのもある。

――なのにフランツ大使に同じことをされたら、どきどきしてしまう。

こんなふうに思い返すこともまた、おかしい。フランツと会えない時間もまた、フランツに侵食されている。

「暑くなったなあ。今年はいつまでも寒くて、どうしようかなんて思ってたのに、梅雨が開けたら一気に暑くなりやがった」

安原が恨めしげに空を見上げて、ぼやく。

「もう七月ですからね」

ぼそぼそとそんな話をしながら、昼の熱気をまだ残している繁華街をうろつき、適当な店にもぐり込む。

「やっと俺のことも思い出してもらえて、ホッとした」

「なに言ってるんですか」

「だってバイトはじまってから、まったく連絡くれなくなっちゃったからさ。仕事が忙しいにしたって、メールの一本くらい寄越してもいいのにな〜って、先輩としては寂しい気持ちになりました。ああ、箭内も大人時間に組み込まれてしまったのかと……」

「大人時間って……」

なんですかそれはと苦笑し、けれど、安原の言わんとしている空気はなんとなく伝わってくる。

安原と飲食する店は学生時代から変わらない。ちょっとだけ上級かもというチェーン展開の居酒屋。社会人になっても不変な先輩との間柄は、将史にとってはとてもありがたい。けれど並び立つ自分たちの服装は変わっている。デニムとシャツとスニーカーじゃなく、スーツにネクタイを締めて磨かれた革靴を履いている。

なのに安原は、学生のときと同じノリで自分と接してくれている。だから安心する。そんなに急いで社会というものに組み込まれなくてもいいのかという錯覚。モラトリアム。

——だけど、大使みたいに、あんなふうに毎日精力的に仕事をして、その上でデスクで突っ伏して疲れて寝ちゃえるような生き方も素敵なんじゃないかって……。

バイトとはいえ働きだして、そんなふうにも感じているのだと、安原を目の前にして知った。ネクタイを曲がらずにまっすぐに締められる人に、自分も、なっていくのか。

「ま、それどころじゃないのかなっていう状況になることもあるって、わかってるけどさ。俺だって社会人だしな。追いまくられて、環境に慣れるためだけに四苦八苦してて、友だちに連絡する余力もないってこともあるよな」

とりあえずビールだよなと注文をし、メニューを見ながら、安原が言う。

その台詞のひとつひとつに納得してしまう。余力なんてなかった。毎日、必死で——でも楽しくて。

「だから——連絡しちゃったんだけどさ。やっぱりさあ、心配だったからと。こっちが無理にバイトさせたんじゃっていう気持ちもあって……やりたがってた部分と違ったり、うんざりしたりしてるなら、そりゃ、俺の責任かもっていうか？」

「先輩、いい人ですよね。いい人すぎますよね」

「真顔でそんなこと言わないでくれる？　いい人ってさあ、どうでもいい人っていう意味じゃないよな？」

「違いますから」

あっさり流されたあげく、そういう切り返しになる。否定すると、安原が軽い笑い声を上げる。

「じゃあ、どうでもよくない人だと？」

「ど……え？　なんですかそれ」

安原が真剣な顔になり、将史を見る。きらりと眸が瞬き、将史の目の奥を覗き込むかのように顔を近づけてくる。

「……こうされても、顔をそむけるわけでもなく、近づけるわけでもなく……という反応は、まさしくどうでもいい人に対する反応なんじゃないのー？」

「だって……男同士だし、そんな意識するようなことでも」

もごもごと言い訳をしたら、安原が「はい。乾杯」とジョッキを持ち上げる。慌てて将史もジョッキを手に持ち、乾杯をする。

「で——ニコニコして歩いてるってことは、バイトは楽しいみたいだな」

「はい。楽しいです……でも」

即答し、なのにやはり曖昧なものが胸に溜まっているのだと気づく。それはフランツに対する感情で——安原に顔を近づけられても動揺しないのに、フランツだといちいち跳ね上がる心臓の問題で——。

「でも？」

問いかけるように言われ、ひとつひとつ確認するように話しだす。

仕事が楽しいと思えること。外交というものに関していままで難しく考えていた部分が、いい方向に緩やかに、柔らかくなれたこと。そのなかで大使ととあるプロジェクトをやっていくことになったこと。嬉しいし、大使が期待してくれるならその期待に応えたいけれど、とまどいもあること。

　一応は秘密なのだと念を押されたから、細かな部分は安原にも説明しなかった。

「別にぼくじゃなくてもいいんじゃないのかなっていうか……大使がひとりでやれることだろうし、反対されるなんて言っているけど、でも反対意見をはねのけるだけの理由があって、方法もちゃんと考えてるのに……」

「信頼されてるってことだろう？」

「そうなんでしょうか。大使はいろんなことを柔らかく嚙《か》み砕いてくれて、ぼくにはとても刺激的な人だけど……一対一だとときどき対応に困ることがあって……」

　そんなことは話すべきではないのかもと思いながら、ずっともやもやとしている胸の内側を開帳していく。

「ああ、抱擁記念日みたいなネタ？」

「そうですね。スキンシップが多くて、キスされたりして……」

　ぽろりと口からついて出た台詞に、安原は目を見開いた。

「キスぅ？　それはマズイだろうよっ」

「や、あの、親愛の情を示すような、他愛ないキスではあったんですけど」

「他愛なくたってあんまりしないって。それ、絶対にモラハラでセクハラだから。なに？　どこか抗議しなくちゃっていうんなら俺もあちこち聞いてみるよ？　泣き寝入りは良くない」

「そ……ういうんじゃなくて。別に抗議したいわけじゃなく、ただ……」

憤ってくれている安原に、今度は将史が目を剝《む》く。まずい。こんな説明ではフランツ大使がとても変な人で失礼な上司のようだ。一国の大使だというのに。

「ただ……なに？　まさかだけど、キスされてときめいて動揺しているなんてオチはないよな」

「……それは」

なにを伝えたいのかわからなくなっていた将史の内面に、安原の指摘がぐさりと刺さる。

まさしく、それなのだ。キスされて動揺して――ときめいている。

「あのね、それはナシ。絶対にナシ。どれだけ相手が格好良くて仕事ができて男として尊敬できようとも、そういうのは……ナシだ。ナシ」

「なんで……ですか？」

「万が一、フランツ大使がゲイだったとして――その好意を箭内が受け入れちゃまずいだろうし」

「そ……うかな」

「そうだよ。好きなだけなんですなんて言えるのは、地位もなにもない人たちだけです。抱えるものが大きくて重たい人は、結婚相手を普通に選ぶだけで大変なのに、まして相手が男なんてあり得ないだろ」

あり得ないとまで言われ——鈍器で頭を殴られたかのような衝撃が走る。

実際、将史自身がそう感じていたからだ。わかっているから、見ないふりをしていた自分の感情。フランツに惹かれている。フランツの行為に意味を見つけたがっているのは、将史のほうだ。

「だって絶対にないじゃん。男同士だし——大使だし？　セシリア共和国はゲイに対して特に偏見の強い国ってわけじゃないけど、でも、なかなかね」

「そ……うかな」

ぼんやりとした声が零れた。あからさまに落胆した声だ。自分でもその声のトーンに驚き、思わず、口をつぐむ。

「まさか……箭内？　おまえ、大使のこと好きなんだみたいなボケをかますつもりはないよな。おまえ、ときどき、ぎょっとさせることをしでかすところがあるからな」

「ボケとかオチとか、ぼくはそういうのとは無縁なので」

冗談ですよと言い放って笑えたらなと思わないでもない。深刻ぶるつもりはないけれど、フランツに対する感情や、いまここで話しているすべてのことが、将史の胸をチクチクと刺している。

笑えない。笑い飛ばして「まさかね」となかったことにできない。

安原に話すことでやっと認め——気づくことができた。

将史は、フランツに恋愛感情を抱き、意識している。

「意図してボケないのに、顔に出さないで、しれっと、無茶をやらかす」

「無茶なんてしたことないですよ？」

「自覚ないねー。一般的にいって、東大卒で、就活もせずふらふら過ごして大使館のバイトにいってることが、わりかし無茶だという価値観も世間にはあるんだぜ。バイト勧めといてなんだけど……」

今夜の安原は毒舌だ。ずけずけと将史の感情に槍を突き刺していく。

「それはわかってます。だらしないなって自覚はしてるんです。無茶なわけじゃなく、ただ、だらしないだけなんです。勇気がないっていうか、自分の気持ちに自信持てないっていうか……」

自然、声は低くなり、うつむきがちになっていく。

「でも箭内、まわりがなにかひとつを『アレは黒』って言ってるときに、平気な顔で『でもぼくには白く見えるよ』って言いだすところがある。自信持てないわけじゃないよなあ」

「そんなことないですよ。ぼくはむしろまわりに紛れてて、目立たないし、なんというか平凡で、平穏な……」

「親が外交官で自分が東大卒で平凡なんてくくられたら、もっと平凡な人たちに嫌みです」

ビシッと言われ、反論できず、より一層、ぐだぐだな気持ちになっていく。

「そう……なのかもしれないですけど」

「言わんとしてるところはわからなくもないけどさ。親が有能で自分の偏差値が高くても、だからそれがどうなのかっていうことなんだろうな。個性的じゃないってことは平凡であるってことで、優秀であっても凡庸な人間だって言い張るのはアリだ。でも箭内は見た目がすでに凡庸じゃないっていう自覚を持ってもらいたい」

「見た目が？」

「可愛い顔してるんだよ。自覚しろ。可愛いから、大使に、可愛い可愛いって連呼されてるんだろうがっ」

あーあ、と、鼻の頭にしわを寄せて安原が嘆息した。

「ちょっと心配だなあ。たぶらかされたりすんなよ？　どこの馬の骨ともわからん異国の大使に箭内をもってかれるぐらいなら、俺の嫁になれ」

「そんな……先輩まで変なこと言い出して……」

「変なことじゃないよ。……心配してんだよ」

ストレートにそう言われてしまえば、もう、黙るしかない。

「セクハラとおぼしき大使の行為はさくっと突き放しなさい。先輩としての教育的指導です」

「はあ……」

「で、おまえが俺の嫁になれないのはわかってるから、だったら俺の嫁を探してこいよ。赤毛美人。ついでになんかいい情報もくれよ。セシリア共和国大使は最近ずいぶんと経済界の皆さんとの親交を深めているようですが、なにを目指してるんですか？」

「それは……」

「わざわざ日本にゴルフしにヨーロッパの外交官たちがやって来て、それにおまえんとこの大使も混ざって会議するのって……再来週だっけ？　農林水産省の日本の役人と大臣も参加ってことは、畜産がらみ？　セシリア共和国って乳牛と乳製品の輸出も増やしたがってたよなあ～」

「よく……知ってますね」

「仕事からんできてますから。でもできれば石油とか天然ガス関係の会議情報やデータが欲しいかな」

「先輩が知ってる程度のことしか知らないですよ。外に出してはいけない資料は、ぼくのところにこないですから」

「そんなことないでしょ。通訳なんだし」

きな臭い話に持っていかれたが――ホッとした。フランツのことをどう感じているかや、フランツが将史をかまってくれたとしてもそれはフランツの好意によるものじゃないだろうなんていう意見は、もう聞きたくなかった。

都合のいい耳と、心。触りの良い意見だけを聞きたがっている。情けない。

「仕方ないから、やっぱりじゃあ赤毛美人情報だけで我慢してやる。絶対に絶対に捜してこい」

「そんな雲を摑《つか》むような人捜し、無理ですよ」

「やってみてもいないのに無理って言わない。どうせ誰にも俺の赤毛美人の話、聞いてないだろう?」

「――はい」

実際、まだなんの心当たりも探っていないのは事実なので、しゅんとうなだれる。

「次に会うときには、見つからなかったにしろ、捜してみた結果を教えてもらいたいちゅーの!」

むくれた顔でビールを飲み干した安原を、しおしおと見返したら、安原が困った顔をしてチョンと将史の額を指で突いた。


翌日、若干、二日酔い気味の頭を抱えて、いつものように大使邸へと赴く。

躾け箸を手渡すと、フランツが目を瞬かせて凝視した。

「ありがとう。ピンクの箸だね。これは――どうなっているのかな。この輪は?」

ピンクしか売り場になかったのでピンクのプラスティック。でも安っぽかっただろうか。躾け箸の高級なものというのがあるのかは不明だが、もう少し探すべきだったのかもと、手渡してから後悔する。

「それは子どもが箸を上手く持てるように練習するためのもので――ちょっと失礼します。このこの輪の部分に、中指をこう入れて」

実際に箸を手に取って、使い方を見せると、フランツの顔がパッと明るくなる。しっぽを大きく振る犬なみに、感情が喜びに沸き立ったのが見てとれた。

「なるほど。ありがとう。こんな便利なものがあるだなんて、いままで誰も教えてくれなかった」

そう言って、いっそうやうやしいとでもいうような仕草で、将史の手から箸を受け取った。

「大切にするよ」

満面の笑みで言われる。そんなふうに熱意を持った目で力説されるようなプレゼントでもないというのに。

そして、いそいそと箸の輪にぎこちない手つきで指を通し、深刻な顔で食卓に挑んだ。いますぐ試さなくてはいられないと、全身で訴えている。即座にやってみたがるところなんて、まるで子どもみたいだ。地位のある大人で、仕事だってできて、ここぞというときにはゴリ押しもする男の、なんともいえない無邪気な態度が将史の胸をくすぐる。

将史は、フランツのすぐ隣の椅子を引いて座り、フランツの食事風景を眺める。

——可愛いなあ。

本来ならばそんな感想は決して抱かないだろう。フランツは、見た目も、年齢も、なにもかもが「可愛い」とは対極にある。

なのにいまのフランツは「可愛い」のだ。

美貌で迫力満点のフランツが、ピンクの躾け箸を持って真顔で卵焼きを割っている姿に、つい噴きだしてしまう。あまりにも真剣すぎるのだ。

その箸捌《さば》きひとつに、セシリア共和国の威信がかかっているとでもいうような真摯《しんし》なまなざし。

卵焼きを無事に口元に持っていったフランツが、将史の笑い声に、顔をこちらへと向ける。

「あ……すみません」

不器用なところを笑ってしまったととらえられたらどうしようと、口を押さえた。フランツが毎日、箸を使えるようになろうと努力している姿勢を知っているのに、笑うだなんて失敬すぎる。

「なにが?」

将史に注意を向けたせいで、卵焼きが皿へと落ちた。

悲しい顔になり落下した卵焼きを再び箸でつまむ。今度は将史も笑わず、食い入るようにその一連の動作を息を止めて見守る。

武術や競技の、ここぞという得点の瞬間を見守るときのように、自然と身体が力んでいる。

卵焼きを無事に口のなかに放り込み、咀嚼《そしゃく》してからフランツが「ほら見て」というような、自慢げな顔をして将史を見た。

「さっきは笑っちゃって、すみません」

ただ——フランツが愛しかったのだ。だからこそ笑ってしまった。

ピンクのプラスティックの躾け箸を渡されて、生真面目な顔で、卵焼きを箸できちんと割って、はさんで食べようとしているフランツが、愛らしかったのだ。

「いいよ。謝罪なんて必要ない。チカの笑い顔も笑い方も好きだ。きみを笑わせることができるなら、いつだって道化師になれる」

言いながら、フランツはやはり真剣な顔になり、再度、卵焼きに挑んでいる。先刻よりは慣れた様子で卵焼きを割る。ふわりとした黄色い断面。箸でそれを持ち上げ、ゆっくりと将史の口元へと差しだす。

「美味しいよ。日本に来てはじめて、甘い味付けの卵焼きというものを知った。最初は驚いたが、いまは大好物だ」

「え……」

「早く口を開けてくれないと、私の箸と私の手が、いつまで持ちこたえられるか自信がない」

深刻に言われ、思わず、口を開く。

ほのかに甘い卵焼きが舌の先で崩れた。餌付《えづ》けされる雛《ひな》のように、フランツの箸で餌をもらう。

どうしてだろう。胸のなかに温かいものがこみ上げてくる。卵焼きの味と同じ、優しくて、切なくて、少しだけ甘い感情。

将史が卵焼きを食べ終えると、フランツが微笑んだ。そしてゆっくりとまた、自分の皿に向き合い、食事をはじめる。

先刻までと同じように深刻な顔つきで、同じだけの熱心さを全身に漲《みなぎ》らせて、日本食を箸で食べるフランツの姿が、将史の胸をぎゅっと絞る。舌を蕩かす料理のように、心がフランツの仕草や表情に蕩けていく。

「道化師なんかじゃなく……あなたは素敵です」

かすれた声が出た。

「ありがとう。チカも素敵だよ?」

冗談もしくはお世辞と受け取ったのか、フランツが笑顔で応じる。褒め言葉をあっさりとかわしてくる態度に余裕を感じ、なぜだか将史は、自分のまっすぐな反応が恥ずかしくなって、視線をそらした。

大使館での仕事の傍ら、そういえばと安原《やすはら》に頼まれたことを思いだし、立ち上げたPCへと視線を移す。

赤毛で美人でもしかしたら外交官かもしれないけれど詳細不明のセシリア共和国の人間を、はたしてどうやって捜せばいいのか。

安原に約束はさせられたものの、途方に暮れる将史《のぶちか》である。

とりあえず安原がセシリア共和国に出向していた時期の、日本に関わる共和国でのパーティ関連のデータをあさっていたら、メアリーが「なにを調べているの」と興味を示してきた。

将史の動きを、見ていないようでいて、しっかりチェックしている。

「ちょっと……その」

仕事に無関係なものを調べている後ろめたさで、目が泳ぐ。確実に挙動不審に陥っている自覚あり。

「日本企業関係の本国での講演会やパーティーについてのリストよね。言ってくれたら出してあげたのに」

将史のPCを覗《のぞ》き込み、首を傾げてメアリーが言う。仕事がらみだと信じているからの提案だろうから、余計におたついてしまう。

「いや、いいです。これは自分で……」

「大使に命じられたの？　ミーティングでは特に言及してなかったけど、なにに使うのかしら」

さりげない口調だが、こちらの動きを探っている。それは考えすぎだろうか。探るつもりはない、ただの親切なのかも。チクチクと胸を刺されているような罪悪感を感じる。

「大使とは無関係で……その……」

ごまかそうとしても将史では無理だ。絶対にばれる。

だったらはなから正直に打ち明けてしまったほうがマシなのかもと気持ちを切り替え、小声で聞いた。

「つかぬことを聞きますが、セシリア共和国のなかの赤毛の女性のデータなんて……ないですよね」

「なにそれ」

「赤い髪っていいなあというか……。ほら日本人て黒髪オンリーだから違う髪の色の人に憧れるんですよ」

「特に女性に？」

呆《あき》れた顔になりメアリーがくるりと目を回して見せた。

「そうです。赤毛の女性が大好きで！」

半ば、自棄になって言い返す。

「赤毛が好きなのか？」

バタンとドアが開き――隣室からフランツが顔を出す。

「え？　いや、あの」

「大使、盗み聞きですか？」

メアリーが咎《とが》めるように言う。

「オンフックにしているほうが悪い」

フランツが将史のデスクの上の電話を軽く顎《あご》で差し示した。言われてみれば内線がオンのまま固定されている。いつのまにそうなったのかは不明。はっきりしているのは、ここでの会話がフランツの部屋に筒抜けになっていたということ。

「私の髪は赤毛じゃない。残念だ。――だけどね、赤毛の女は大変だよ？　勝ち気で気まぐれで手がかかる。チカには無理だ」

フランツがメアリーの後ろに立ち、メアリー同様、将史のＰＣを覗き込む。

「忠告しておくが、赤毛でもなく女性でもない相手のほうがチカには似合うよ」

「大使。赤毛はまだしも、女性ではない相手をチカに薦めるのはどうでしょう」

メアリーが眉根を寄せた。

「気の強い女性とつきあうなら、私とつきあうほうがまだしもだ。そういうきみは、チカの前任者と私がちょっとしたトラブルを起こしたとき、私に対して、女性ではなく犬を薦めてきたじゃないか。あのときとても傷ついたよ。大使には犬が似合うって、なんてことだと。チカに、犬でも猫でもなく、人間を薦める私のこの優しさを理解したまえ」

「あのときはすみませんでした。言いすぎました」

メアリーがわざとらしく嘆息し、フランツを振り返ってつづけた。

「でも、いまなら私は大使には犬ではなくオウムをお薦めします。大使が語り聞かせるさまざまな台詞をオウムが記憶し、大使に言い返したときに、大使もちょっとは我が身を振り返ることができるでしょうから」

「なんできみは私にそんなにも厳しいのかな」

フランツとメアリーが睨《にら》みあっている。

なんでこんなことに？

「あの……」

慌ててふたりのあいだに身体を割り入れて、止めに入った。別に殴りあったりすることはなかろうが——フランツにしろ、メアリーにしろ、迫力がある者同士なので、同じ空間でいがみ合われると気のちいさな将史の神経に刺さる。

「そういう言い方はどうかと……大使は……有能な方ですし」

向き合ったのはメアリーの方。どちらに味方しようと身構えることなく、気づいたらフランツに肩入れしていた。

そりゃあどことなくうさん臭い部分は拭《ぬぐ》いきれない。でもフランツが努力していることも、些細《ささい》な部分でも仕事に真剣なところも、将史は見てきているのだ。メアリーもそこは認めているはず。
「誰かが厳しくしないと大使がつけあがるから、あえて私が小言を言う係なのよ」
メアリーが少しだけ怯《ひる》んだ。その目は「どうしてそこで自分ではなく大使の側についている
のか」と、将史を咎めている。
「嘘だな。私に対して怒りくるっていないと、私の魅力に負けて好きになりそうだから、そん
なに文句ばかり言うに違いない」
しかしメアリーよりフランツのほうが、上手だった。メアリーに対し、ふっとちいさな笑み
を浮かべ、軽くいなす。とんでもない自信を見せつけたフランツに——メアリーが天を仰いだ。
「大使のそういうところは尊敬しています。大使たるものそれぐらい口が達者じゃないとやっ
ていけないですものね」
数秒ほど天井を見つめてから、諦観《ていかん》のまなざしになったメアリーがそうつぶやく。
「次に私にパートナーを薦めるときは、動物じゃないものにしてくれ。犬もオウムも大好きだ
が、生涯のパートナーとしては気が乗らない」
フランツが真顔でメアリーに意見する。
「じゃあ次回は植物にしますね」
メアリーが即座に切り返し、フランツは口をへの字に曲げて苦笑した。

「……チカ、私に優しいのはこの大使館のなかできみだけだ」

絶句した将史の肩をメアリーが軽く叩き「大使のことは無視していいわ」と冷たく告げる。

「チカ、小言係は置いておいて、私の部屋へ」

将史の腕を引っ張り、フランツが自室へと連れていく。ぐいぐいと引きずられ、ドアを閉めた途端、フランツが将史の肩に手を置き真顔で問うた。

「――なんで私の味方をしてくれたのかな」

「なんでと言われても」

まさかそんな質問をされるとは思わず、口ごもる。

「理由なんてどうでもいいか。ただ、嬉しかった。それだけ伝えたかった」

フランツが照れた顔をしてそう言った。嬉しそうに頬を緩ませているのを見て、将史もまた、意味なく胸が熱くなる。

どうしよう。この人が好きだ。

ふわりと落ちてきた思考に、動揺する。安原に「それはあり得ない」と否定されたのに――大使が男に恋をするなんて地位的に無理だと指摘されたのに――もしかしてフランツが自分のことを好きでいてくれたらなんて、甘いことをつかの間でも夢見てしまう。

「――大使。あんな言われ方をされてはいけないと……」

なにか言わないと、心臓が膨らんで、破裂してしまいそうだ。恋心は甘いのに、理性は苦い。

好きになってはいけないのだと邪魔をする。

そもそも――フランツは将史のことなんて好きじゃない。たぶん、いや、絶対。

日本の現地採用の通訳のバイトと恋に落ちる必要はない。しかも男同士。女性が相手だったら後々まで世話をしなくてはとか、結婚を迫られるとかがあるから避けた結果が――男の通訳で、秘書。将史は、その程度の存在。

「上司ですし、大使ですから。部下にあんなふうに言われるのは立場として良くないと思ったんです。メアリーも仕事のできる人だからこそ、ああいう言い方になったのはわかってます。出過ぎた真似をしてしまいましたが……そう、そうです！　大使がそもそもそんなふうだから、いけないいんです」

ここで逆ギレするのもいかがなものかと思いながら、唐突に湧いてきたむかつきが収まらない。

フランツが美男子で、冗談交じりに口説きがちで、魅力的なのがすべての元凶なのだ。

「誰に対しても、口説いてるみたいな言い方をするから誤解されるんです。本当は真面目で努力家なのに――」

よく考えたら、フランツの「本当」なんて将史も知らないのにどうして断言しているんだろう。誤解もなにも、理解しているかどうかもあやふやなのに？

「チカ？」

不思議そうな顔になりフランツが名前を呼ぶ。

「仕事します。失礼しました」

零れてくる感情を抑えきれない。黙ってしまわないと、好きだと伝えそうになる。フランツが軽く告げる「好き」とか「妻になって」とはまったく違う重さの好意を、フランツに傾けてしまいそうになる。

タブーだとわかっていて求めてしまうのは、愚か者の言動。そういう冒険心に似たものは、幼かった一日だけで、もう封印した。当たり障りなく過ごすのが身のためだ。それが將史の身の丈に合っている。

「チカ、赤毛の女性を探してるのはどうして？」

なぜまたここでそれを蒸し返すということを、フランツが聞いてくる。

「好みなんです。赤毛の美人で外交官か通訳の人」

口から出任せ。

「チカと赤毛美女は絶対に合わないよ？」

しれっとして断言するフランツが、瞬間的に憎くなった。好きだから、憎いという感情もあるのだと知る。

「合わせてみせます。その人が好きなら、合わせられます」

むきになって言い切ったら、フランツが目を丸くして「すごいな」とつぶやいたのだった。

5

もういい年なのにと、我が身を省みるのは、いつものことだ。二十二歳にして将来を見据えられないモラトリアムもさることながら、この年にして、恋してはならない相手に恋をして動揺しているだなんてお笑いぐさだ。

――しかも、意識しないようにするための手段が、できるだけ相手を見ないでいることだなんて。

「リストアップされた皆さんに連絡を取りました。都合がつかないというお返事をうちにいただいた方に関しては斜線を入れてあります。人数はいまのところ七十一名です。ケータリングサービスに関しては、その次の用紙を」

いつもの朝のレッスンで、フランツが食事をする様子を見守ることもなく、将史は自宅から持参した仕事のファイルをせわしなく捲《めく》る。

新聞記事を通訳し、今日、フランツが会うメンバーに関してのデータも渡し、あとはできるだけ目を合わさないようにして「ぼくはいま熱烈に仕事をしています」というオーラを必死で醸しだしている。

「うん。もう少ししたらミーティングで報告しよう。出席をある程度確定されたあとなら、覆しようがないし——秘密にしていても、そろそろばれてしまう頃合いだしね。警備についてはうちの該当部署に話を通さないと、本気でつむじを曲げるからな。軍関係の人間は面子《メンツ》を重んじる」

フランツは将史の渡した文書をチェックし、納得したようにうなずいて、返した。

「万が一にでもなにかあったら本当に大事だし、警備に関してだけは申し訳ないが、チカじゃなく別な人間に指揮を頼むことにするよ」

「もちろんです」

「そっちの人選は……ここは顔を立てるべきだし首席公使に頼むかな。うちはいまだ経済や文化より、軍や警備に関しての指揮権のほうが強くて重要であるという価値観があるからなあ。

——平和な日本がうらやましいよ」

いままでならこういうときに手が触れたり、視線が合ったりしていたのだが——極力、そういう触れあいを避けているので、将史は書類をのみ凝視している。

「平和ボケしていると揶揄《やゆ》されることもありますが？」

「チカも言い返すようになったな。そんな皮肉は交えてないよ。純粋にうらやましいな。私も、自国ではこの面子でパーティーなんて怖くて、しない」

さらりと流され——重みのある言葉にハッと顔を上げる。

フランツは厳しい目をしてリストを眺め熟考している。背筋がしゃきりとのびる。個人的な感情でぐだぐだになっている自分の仕事のやり方が、恥ずかしくなる。

「……それからこちらが、本日、お会いになる予定のメンバーのデータです。大使は剣道をご存じですか？」

別なリストをあらためて手渡す。

非公式の通商会談の予定が入っている。日本の大臣との内輪での打ち合わせ。

「剣道？」

いぶかしげな声色に、軽くうなずき、説明する。あくまでもフランツを見ないままで、棒読みで淡々と告げる。

「日本におけるフェンシングのようなものだとご理解いただければいいかと思います。特殊な防具をつけて、頭部や胴体などを保護し、木製の刀で戦う武術です。大臣は剣道の段位を持っています」

「なるほど。私もフェンシングは好きだから、そういう話もできるな。チカはフェンシングについては？」

「残念ながら剣道もフェンシングもやったことがありません。ですが通訳のために必要かと思い、ざっとですが勉強はしてきました。付け焼き刃なので、どこまで会話をうまくつなげられるかが不安ですが……」

「ある程度こなしてくれれば、あとはどうとでもなるよ。共通の趣味があるというのは、対話をスムーズにするためのとっかかりとしてはとてもいい。調べてくれてありがとう」

「いえ」

フランツがどんな表情で話しているのかは、わかる。きっと、将史が惹かれてやまない、独特の笑顔を浮かべてこちらを見つめているのだ。

なのに——見てはいけないと、視線がそちらにいかないように自分を戒める。

——馬鹿みたいだ。

恋愛経験値がないに等しいから仕方ないとはいえ、情けない。恋人いない歴は年齢と同じく。ちょっとした好意や憧れはあったが「この程度の好きで、交際してもいいのかな」と戸惑い、その一歩を踏み出せないというのは、仕事を決められないのと同じ。

つまり将史は、そういう性格ということなのだろう。

うじうじして煮え切らなくて子どもだと自己の性格を判定し、そっとため息を吐きだす。

だから——フランツに惹かれたのだろう。

同性か異性かなんて、そういう部分を吹き飛ばすような強烈な個性。いつでも自分のペースに周囲を巻き込んでしまう。堂々として、かつ、まわりをきちんと見ている冷静さ。

数えていけばきりがない。なにもかもが好ましい。妙なふるまいも含めて、好きになった。

そういうことだ。

とにかく仕事はしなくてはならない。通訳兼秘書、かつ、朝にはフランツ邸でレッスン。さらに秘密のパーティーの手配。やることは山積みで、ふたりきりで会う時間も長い。

せめてこれ以上は惹かれないようにと自分を戒め、視線を交わすことなく、きびきびと働く将史だった。


「チカ……あなた、大使のパスワードまで知らされているってことないわよね」

その日、メアリーがいぶかしげに聞いてきた。

「え？　大使のファイルのパスワードなんて、知りませんよ」

きょとんとして言い返すと「そうよね。知ってたら大問題よね」とメアリーが考え込むようにしてつぶやいた。

朝のミーティングを終えると、ここからしばらくはフランツとは離れられる。意識しすぎてガチガチに固まっているので、フランツとの距離がある時間はホッとする。

メアリーとふたりでのやり取りが嬉しいだなんて——勤務当初は考えもしなかった。いかにも有能で、口が悪くて厳しいメアリーのことを怖がっていたのに、いまや将史にとってメアリーはフランツからの逃避場所のひとつだ。

「なんでもないの。赤毛美人を探すのに、あちこちのPCをいじりまわしてたって別な部署からもクレームが入ったから」

「あっ」

そこまで言われ、思わず声を上げる。

「まさか？　本当に別部署のPCも？」

「……すみません。総務部で、ぼくのパスワード入れて探せる人事データはないかなってPC触らせてもらいました。あ、だけど総務の方にひと言お断りしてから見せてもらったんですが……問題でしたか？」

「問題っていうか……まあ、いいわ。総務の誰？」

メアリーがじろりと睨みつけて言う。

「ポールのPCを借りました。赤毛の美人で独身の女性がいたら知りたいって言ったら、おもしろがってくれて……それで……」

「自分にあてがわれた以外のマシンをみだりに触らないでちょうだい。なにかがあったときの責任を取るのは、あなたじゃなく私になる。大使は日本人職員には優しいけれど、セシリア共和国の人間には厳しいの。叱責《しっせき》されるのはポールよ。下手したら減俸。あなたにはわからないことでしょうけど……」

「そうなんですか」

意外な一面だった。フランツは細かなことは気にしない人間にも見えたが――それでも大使だ。

思えば、すべてに手を回す時間がないから細部の監視は部下にまかせているというだけで、独自のスタンスがあり、規律があるのだろう。

慣れてきたからといって、調子に乗っていたのだと、うなだれてメアリーに謝罪する。

メアリーは大きな嘆息と共に「怒ったほうが申し訳ない気になるような顔をしないで」と天を仰いだのだった。


非公式の大臣との会談は、会員制のホテルのラウンジで行われた。

剣道とフェンシングについての趣味の会話も充実させ、表面上は雰囲気良く会話が終始する。通訳としてはホッと安堵《あんど》するひとこま。

その後に、通常ならば大使館専用の車に迎えに来てもらえばいいのだが、フランツは「歩く」と言い出したのだ。

「どうしてですか？」

さすがにぎょっとしてフランツを見た。フランツはひどく気むずかしげな表情で、将史を見返している。

「理由なんてない」

冗談もしくは真実で返してくるのがフランツの常なのに、歯切れの悪い返答。

「私はそうしたい。チカが嫌だというのなら、チカだけ車で帰ればいい」

「そんなわけにはいきません」

「そんなわけには、いくんだよ。だって車はもう帰してしまったからね。運転手には私が命じた。先に帰っていていいと」

「なんですって？」

そうしたいと決めたら、そうするのだ。

フランツの顔つきを見ていたら――これは言っても聞かないだろうと見当がついた。一度決めたら、押し通すのがフランツという人物なのだ。

だからといって車を帰してしまうことはないのに。

妥協案を探さなくてはと苛々《いらいら》と周囲を見回す。あたりにヒントが隠れているわけではないのに、視線を一点に固定できないのは、フランツとふたりきりの時間を長引かせたくない焦りからだ。プラス、これからのスケジュールについての計算を頭のなかで早回しにする。

妙なことになったら、統括してすべてをまとめている秘書のメアリーに雷を落とされる。

「そうだ。この時間だったら外務省に車が来ています。では外務省から帰る途中の車に拾ってもらうことにして、そこまで交通機関を利用するというのでどうですか？」

外務省には毎日、決まった運転手が書類などを届けている。もしくは、外務省儀典官室からの文書を受け取りにいく。日々のルーティーン仕事なので、そこにミスが起きる隙間はない。ちょうどここは外務省から近い場所だった。その程度の移動時間ならば、日常の誤差の範囲内だ。

「なぜ？」

「後のスケジュールの問題です。大使は六時にはディナーに出なくてはならない。だから一度大使館に戻って、そして……」

「……つまらない」

フランツがぼそりとつぶやいた。

「え？」

「チカは仕事が手早くなった。でも、つまらなくなった」

フランツが将史をまっすぐに見下ろし、言い切った。返す言葉を失い押し黙った将史に、いままで見たことのない冷笑を投げる。

フランツはすいと視線をそらし「では、外務省に向かっているはずの車と連絡を取ってくれ。そのように動こう」と冷えた声を、突きつけた。

普段は夜に大使邸に入ることはない。けれど今夜に限ってディナーの通訳の後、フランツは将史を大使邸まで連れていった。

内密に企画したパーティーについての打ち合わせをしたいのだと言われ、断るわけにもいかず連行される。

――つまらなくなったって。でももともと別におもしろかったわけじゃないし。

冷たく言われた台詞が胸のなかに刺さっている。

「疲れた」

「はい。お疲れさまです」

フランツの目元にいつになく疲労の影が濃く見える。タイをはずし、襟《えり》もとを緩めると、冷たく冷やした水のペットボトルを無造作に飲む。のど仏が上下する。どことなく投げやりな態度で椅子に座り、将史へと視線を向ける。

いつものフランツとは、どこかが違っていた。どんなにリラックスして見せていても、フランツのなかには常時、ひとつのぶれない芯があった。それが今夜は少しだけズレている。

酔っているからだろうか。

「チカ、忙しくて疲れて性欲が溜まってしまった。セックスの相手をしてくれないか？」

「は？」

言われていることが理解できず、聞き返した。

フランツは無言でペットボトルをテーブルに置き、すぐ側に立つ将史の腕を引く。フランツのほうへと倒れかけ、必死で体勢を立て直して後ずさる。

つかまれた腕が痛い。さして力を入れているわけでもないのに——痛い。

「セックスをしよう」

低い声はベルベットのように滑らかで、その声音に含まれた欲情を感じ、将史のうなじが粟立つ。軽妙さは影を潜め、せっぱつまったような欲望の眸《め》を将史へと向けている。

「そういうのは……自分でどうにかしてくださいっ」

「ティーンエイジャーのとき以来、自分でなんてしていないから、やり方を忘れてしまった」

「な……」

あれはやり方を忘れるようなものじゃないだろう？

けれどフランツなら実際に「忘れて」しまうこともあり得るのではと思ってしまうのが不思議だ。自分で処理をしなくても、相手はたくさんいたのだろう。たとえその相手が固定していなくても——長続きしなくても——。

声と眸に込められた誘惑が、将史の心をつかみ取る。触れられているのは腕だけなのに、視線と声とでがんじがらめに縛られたようになって、身動きが取れなくなっていた。

——セックス、したい。

フランツに惹かれている自覚がある。魅力的な誘いを断るには、鋼《はがね》のような意志が必要だ。

「そんなふうに……あなたはいままでたくさんの女性たちを誘ってきたんですか?」

のどがからからに渇いている。なじるような言葉を零し、ハッとする。恋愛の成就を望めないと思いながら、フランツの周囲の女性たちに嫉妬《しっと》をしている。

「ぼくの前の秘書とか……それから……」

フランツが立ち上がり、将史の腰に手を回す。顎に手をかけて上向かせ、親指で将史の唇をなぞる。触れるか触れないかの絶妙な触り方が、将史の官能をくすぐる。

見下ろす眸の色が、いつもより濃く、物憂げだ。こんなに深みのあるブラウンの眸だったろうか。もっと洒脱《しゃだつ》で、いつだって笑いかけるように瞬いていたように思うのに——いま、将史を見つめるフランツの眸は、欲望の暗い、熱っぽさを沈ませている。

染み込んでいるような、濃いブラウン。

「どんなふうに誘われたかを知りたいなら、私と寝なくては。そうしたらきっとすべてがわかる」

「すべてが?」

なんの——どんなすべてが?

振り切りたいのに、断れないのは——誘惑されたいからだ。

腰に回すフランツの腕に力がこもる。抱きしめられると、フランツの煙草と香水の香りが立ち上ってくる。太ももとフランツの身体が密着する。

唇をなぞっていた指が、うなじへと回される。耳の後ろや、襟足のあたりの皮膚に優しく触れる。将史の髪をかき上げるように撫《な》で回す。

頭から腰のあたりまでじりじりと電流に似たものが流れ落ちる。

唇が近づき、くちづけられた。

あやすように触れてから、舌で将史の唇をこじ開ける。

「……だめ、です」

否定の台詞ごと、吐息をさらわれた。

濡《ぬ》れたキスが口中で跳ねる。舌で口のなかをかき乱され、震えるような快感が走り抜けた。

「ここでするのか？　それとも寝室がいい？」

否定なんて聞き入れやしない。

押しつけられた身体が熱っぽい。膨らんだ股間の感触が、将史を驚かせる。本当にフランツは欲情しているのだ。将史に対しても？　男なのに？　これは酔った勢い？

「大使――酔ってらっしゃるんですね」

軽く身体を押しのけ、非難を込めて睨みつけた。流されてしまうのが怖かった。一度でも関係をもったら、そのあとはフランツを忘れられなくなる。あきらめられなくなる。

でも、だからこそ流されてしまいたい。この機会を逃したら、次なんてない。焦がれたまま、触れることなく終わってしまうに違いない。

「酔ってないというのをベッドで立証してみせよう」

ちいさく笑い、フランツが将史の耳朶《じだ》をぺろりと嘗《な》める。濡れた感触にざわりと鳥肌が立つ。

「……っ」

息を飲んだら、フランツがさらにまた笑った。忍んだ低い笑い声が、将史の感情を揺さぶる。

片手を持ち上げ、手の甲にキスをしてから、そっと握りしめ——将史の手を引いて、フランツは寝室へとエスコートしてくれた。


寝室のベッドへと押し倒される。

くちづけながら将史の服を脱がせていく。耳朶を甘く噛《か》み、耳殻を舌で濡らす。かけられた体重に反応するように、将史の欲望が勃起する。

ボタンをはずし、露《あら》わにした胸元にもキスを落とす。乳暈《にゅううん》を辿《たど》るように舌でくりくりと突起をこねていく。はじめての感触に、腰がびくりと跳ねる。

「痛っ……」

胸の粒を軽く噛まれ、チクリとする感触に悲鳴が零れた。

しかしその痛みはすぐに、得体の知れない快感へと形を変える。肌の奥で生まれたぞくぞくする感触が、じんわりと全身へと広まっていく。

嘗められているのだと考えた途端、敏感になってしまう。

フランツの唇や舌だけではなく、顎のあたりに浮いた髭《ひげ》のざらりとした感触までもが、肌をくすぐる。柔らかくほどいていくように吸いつく唇のすぐ下で、チクチクとした髭の先端が肌を軽く刺し、いたぶる。

フランツが自分にくちづけているのだとあらためて強く感じ、唇から吐息が零れた。

「ん……」

将史は女性との体験もない。風俗にいったこともない将史にとって、他人に触れられることは恥ずかしく、そしてあまりにも刺激的すぎた。

「チカは可愛い声を出すね」

唾液《だえき》をまぶして濡らした乳首を指で丹念にこねながら、フランツが将史の顔を見下ろし、つぶやく。

「……っ、すみません」

息を飲み、視線をそらして横を向いた。耳まで熱くなる。恥ずかしくて、どうにかなってしまいそうだ。

「あやまるようなことじゃない。チカの声をもっと聞きたい。ここを触られるのが好き?」

探求熱心な科学者みたいな顔をして、フランツが、将史の乳首をいじる。つまんで、指の腹で押しつぶし、くりくりと捻《ねじ》る。

「――くっ」

自分の乳首が性感帯だなんて考えたこともなかったのに――そうされて、腰が揺れた。下着を覆う布を、自分の先走りがじわりと濡らしていく感触がわかり、恥ずかしくなった。

「他にはどこが好き？」

「知りません……」

目を合わせないまま、言い返した。恥ずかしいから、ぶっきらぼうな言い方になる。

フランツは含んだ笑いを漏らし、胸の粒を片手で捻り、いじり回しながら、もう片方の胸にくちづける。嘗めて、転がして、大きく粒を膨らませてから、チュッと音をさせて吸い上げる。

「――っ、ん」

粒にスイッチが仕込まれてでもいるかのように、そこから全身に快感の信号が伝わっていく。普段は意識しない、肌の底に隠された神経細胞が、爪の先までを支配していく。

フランツの唇は乳首から、さらに下へとおりていく。臍《へそ》のくぼみに舌をねじり入れる。蠢《うごめ》く衝動に、将史の下腹がきゅっとちぢむ。

強く押しつける舌の先が、臍をぬるりと嘗める。触れ方や、舌の角度で、与えられる感触が微妙に違う。あたりを唾液で濡らしながら、フランツの手のひらは、将史の胸元から脇腹をまさぐる。

どういう顔をしたらいいのかわからない。感じることを我慢する術《すべ》を知らない。唇を噛みしめ、零れそうになる息を詰め、必死で耐える。

「初々しいな。ここは——?」

フランツの手が将史の着衣を探り、ベルトをはずす。かすかな金属音のあとで解放されたそこを、フランツの大きな手のひらが撫で上げる。

「濡れているね。布地の色が変わっている」

指摘されなくても、知っている。頭の先までカーッと熱くなる。胸の鼓動がやけに速い。

フランツが下着のゴムに指をかけて、引き下げる。とうに勃《た》ち上がっていた欲望が下げられた布地から先端を覗かせた。

視線を下げると、フランツが、あやすように、将史の屹立《きつりつ》を手で握り込むさまが見えた。

「……大使、やっぱり……」

やめましょうと、ここにきて怖《お》じ気《け》づいた。後戻りできなくなる。

将史はいつだって安全な場で足を踏みしめて、第一歩をためらって生きてきたのに——なんでこんなあり得ないシーンで、たやすく、高いハードルを一気に飛び越えるような事態に陥っているのかと、いまさらそう思う。

が——フランツが将史の屹立にくちづけ、頬張った。はじめてフェラチオされた衝撃で言いかけた言葉がのどの奥に貼りついた。

唾液が屹立にからみつく。口で将史の屹立を愛撫《あいぶ》する。先端のくびれを舌で嘗め、孔に舌先をこじ入れながら、きゅっと吸う。フランツの頬が少しだけへこむ。

「な……に……」

じゅっ、という音をさせたフランツが将史のそれから唇を離した。竿《さお》の根元を指で支え、軽く擦り上げる。快感がどくどくとそこから脈打ち、たまらなくなって、腰が逃げる。

自分でするときよりずっと気持ちがいい。自分でする触り方とは違い、予測がつかない手つきでこねまわされて、屹立の先から蜜が溢《あふ》れてくる。てらてらと濡れたそこは赤く、他人の手と口で剝《む》きだしにされた羞恥とリアルな快感がごちゃ混ぜになっている。

「チカの匂いがして、美味しい」

フランツが舌をぺろりと出し、将史の蜜と自身の唾液とで濡れた唇を嘗めて笑った。

食べられている、気が、した。

逃げられない獲物を前にしたときの捕食者の目をして、フランツが将史の顔を窺《うかが》う。唇を嘗めた舌の色と厚さに、くらくらした。あの舌で、嘗めた。唇や舌に乳首や耳や脇腹、臍――そして――。

無意識に唾を飲み込み、のどがコクリと鳴った。

――大きな獣。いや、大きな魚？

こんなときだというのに、またもやあのフレーズが頭を過ぎる。ぼくの孤独はちいさな魚のようなものだ。

あのフレーズをフランツも記憶していたのは、ひょっとしたら運命だったんじゃないのか？動揺と混乱の挙げ句、思いついた言い訳。ふたりが出会うべききっかけではなく、すれ違うための運命だったのだとしても――いつまでも大人になりきれない将史の、背中を押すための先導者としての運命を、フランツが担っているのでは？

フランツは将史より大きな、捕食する魚。大海を泳ぐ魚。その手にからめとられ、将史は、踏み出せるはずのない一歩を踏み出してしまった。

せめて一度でも性体験があったなら、こんなに余裕をなくして、おたついていないに違いない。柔らかい部分を露わにされ、揉み込まれ、その快感で頭がいっぱいになって、どうしたらいいのかわからなくなる。

走りだした性欲が、理性に鍵をかけてしまうということを、はじめて知った。なにもかもが初体験だった。フランツが将史の屹立を擦り、先端の蜜を指で掬《すく》い取り、見せつけるように、指の腹をすりあわせて目を細める。濡れた指を離すと、そのあいだを粘った透明の蜜が糸を引いた。

「はじめて……なんです。女性ともしたことなくて……」

なにをここで告白しているのだというタイミングで、ぽろりと口走る。

フランツが目を見開く。

引かれたのではと、気持ちが一瞬で萎《しぼ》んだ。この年にして童貞であることも含めて、将史の人生経験値はすべて低い。フランツから見て、どれほど自分は幼く見えることだろうと思うと、泣きたくなった。

だからこそ大使館で働きだしてから、虚勢を張って、意地になって、フランツやメアリーたちに追いつこうと努力していたのだ。ちいさな魚でしかない自分にできるだけのことをやり、周囲に認められたかった。

「……あ、ごめんな……」

なにに対する謝罪なのか不明なまま上らせた台詞を、フランツが優しいくちづけで、かすめ取った。震える吐息をフランツの唇が奪う。

「計算ずくじゃないところが、きみの良さであり、欠点だ。ときどき私はきみを本気で虐《いじ》めたくなるよ」

くすりと笑い、フランツは将史の身体に半端にまとわりついている衣服を剝《は》いでいく。

言い方や笑顔は慈しむようでいながら、双眸《そうぼう》はきつい輝きを湛えていた。本気で虐めたいという言葉の意味は、フランツの身体の熱さで伝わる。体験などなくても、フランツに激しく求められていることはわかった。

脱がせるたびにその箇所にくちづける。噛むようにしたり、嘗めたり、くり返して、試すように将史の反応を窺っている。

「や……」

靴下を脱がせ、つま先にくちづけてから、足の指のあいだをひとつひとつ丁寧にざらりと舌でなぞられ、身体がしなった。覚えのない感触に、つま先が震える。

気づけば全身に汗が滲《にじ》んでいた。

フランツは将史を全裸にしてから、おもむろに自分もまた服を脱ぐ。ディナーのために着込んだ上質なスーツが無造作に投げだされ、床に山を作る。

ぼんやりと見上げた将史の視界に薄く涙の膜が張っている。

フランツの裸体もまた、着衣時と同じぐらい――いや、それ以上に魅力的だった。彫刻にして飾りたいと思うような裸体。しなやかな筋肉が胸や腹を覆っている。屹立した欲望は将史のものより大きく、長く――目にした途端、股間がさらに熱を帯びた。

同性のそれを見ることで欲情するのも、はじめてだった。

「ふ……あ」

フランツが将史の屹立を再び口に含む。陰嚢《いんのう》を柔らかく揉みしだきながら、口蓋《こうがい》や、舌や、頬を使って将史の陰茎を刺激する。口から離し、裏筋を舌で辿る。

熱い快感が下腹に積み重なっていくような感触に、将史は腰を捻らせた。感じすぎて逃げだしたくなり、身体をずり上げる。フランツの手が重くのしかかり、将史の腰を固定する。

裏筋を舌で嘗め、そのすぐ後に指でなぞる。べとべとに濡れているこの感触は、自身の蜜とフランツの唾液だ。

フランツが将史の片足をつかんで大きく広げた。屹立を二、三度、リズミカルに扱いてから、広げた足のあいだに顔を埋め、後孔と屹立の狭間の隘路《あいろ》を舌でくすぐっていく。

「……ん」

そんな部分を普段は意識したことがない。なのに、そこを嘗められると、背中がざわざわと粟立っていく。くすぐったさと快感とがない交ぜになり、未体験の感覚に、滲んでいた涙がひと筋、目尻から零れた。

どうして泣いているのかすら、わからない。感じすぎて泣いているのか、フランツとこうしていることが嬉しいからなのか。とても幸福で優しく――なのに曖昧《あいまい》な不安が将史の胸を締め付けている。

――現実じゃないみたいだ。

もちろん、これは夢なんかじゃない。フランツがどんな気まぐれを起こしてこうなったのかは理解できないが、身体を重ねたいと同意したのは将史の意思だった。

後孔にもキスが落ちる。

「な……？」

つついたり、嘗めたりをくり返し、唾液を後孔へと送り込む。窄《すぼ》まりに指を入れ、内部をかき回す。

上体を跳ね上げて起こし、フランツが自分に施す行為を目視した。信じられない。そんな場所にキスだなんて。

　差し入れられた指が浅い箇所を押すと、将史の内部で衝動が走った。

　息を飲み、目を閉じる。閉じたまぶたの向こう側で、チカチカと光が瞬いた。スパークする快感が自身の内側でのたうっている。自慰では覚えたことのない感じ方だった。

「あ……あ……」

　内襞《うちひだ》をかき乱す指の動きが早まる。将史から強い快感を引き出した部分を、フランツが重点的に責めてくる。動物的な歓喜が下腹でうねり、将史はどうしたらいいのか困惑し、内側を締め付けた。

　そうすることでかえって感じやすくなってしまう。フランツの指が増え、襞を捲る。擦られると、甘い衝動が内奥で弾ける。

「……あ、やだ……」

　怖くなった。

　腰が自然とうねり、快感を追うように揺れている。フランツの指の形に沿って内襞が蠢く。ひくひくと後ろが窄まっている。内部から押し広げ、フランツが二本の指を付けたり、離したりしながら、襞を捲る。

　前立腺を刺激したまま、フランツは将史の屹立を口に咥《くわ》えた。

　喘《あえ》ぎが零れ、ベッドの上で腰をくねらせて、のたうつ。内側をいじられながらフェラチオ。

前と後ろを同時に愛撫され、将史の全身に快感の波が立った。小刻みに身体が痙攣《けいれん》している。どこに力を入れて、どこを脱力させていいのかも不明で——どうやっても内奥を擦られる快感だけが将史を追い立て、揉みくちゃになる。

指の動きが強く、早くなる。将史の屹立を吸うフランツののどに力がこもる。唾液を溜め、滑らかな動きで将史の欲望を支配する。

下腹がひくひくと震えた。

頭のなかが真っ白になった。瞬いていた火花が弾け、飛び散っていく。ぱらぱらと燃え落ちる花火の残像と共に将史の上半身がしなり、達してしまう。

「あ……」

声と同時に屹立からも白濁が零れる。勢いよく出ていくそれを、フランツが嚥下《えんか》した。朦朧《もうろう》としてフランツを見た途端、将史は息を詰め、動揺する。飲んだ？　あれを？

「……大使……そんな……」

「飲めるものだな……」

なかから指を抜いて身体を離し、フランツが自分の口元を親指で拭い、感心したようにつぶやいた。

「私にとってもいまのは、はじめての経験だ。さすがに他人のを飲んだことまではなかったよ」

ニッと笑って、将史を見てつづける。

「綺麗にしてあげよう」

先端に口をつけ、ちゅっと残滓《ざんし》を吸った。背中がまたざわつく。放ったあとの敏感なそこを嘗め、根元の双珠までをも丁寧にしゃぶる。

一度、達したあとなので、かえって鋭敏になっているところと、強く触れても鈍くしか感じない箇所とができている。感じやすい部分に触れられると、快感が突き刺さってくるようで、ひくりとのどが鳴った。

フランツはさわさわと優しく、あたりを嬲《なぶ》る。

「大使……なにをなさって……」

将史だけが先に達し、フランツの欲望はまだ力強く脈打ったままだ。下腹につくぐらいに張りつめて勃起したそれを見て、どうしたらいいのかと戸惑う。

将史もまたフランツがしてくれたように、あれを咥えるべきなのだろうか。

射精したあとの身体はけだるく、重たい。それでいて触れられるとハッとびくつくような過敏さを肌の裏側に保っている。フランツの指が広げ、かき回した内襞の一部が、熱を帯びてまだ蠢いている。

馴染ませた内奥が、ぽかりと開いているような気がした。もっと別なものを埋めて、かき乱して欲しいという欲望が、下腹でどろどろと蕩《とろ》けている。そんな体験はいままでなくて——女性相手のセックスも知らないというのに、後ろを指でいじられて感じている自分が浅ましく思え、恥ずかしい。

「なにをしているかって？　きみの気持ちの用意が調えられるのを待っているつもりだ」

薄く笑い、フランツの指が、将史の後孔の入り口をまさぐる。第一関節だけを埋め、くるりと縁をなぞって抉《えぐ》る。

きゅん、と内側で衝動が弾ける。フランツの指を追って、将史の尻が動く。もっと奥へと誘うように、襞が蠢動《しゅんどう》する。

「気持ちの……用意って……」

将史だけではなくフランツの肌も汗で濡れていた。ベッドサイドに点《つ》けたままの明かりが、光の輪を落とす。フランツの肌の産毛が、金色に光って見える。

「私のこれが欲しいって口で言ってごらん？」

「え……」

将史の後ろをまさぐりながら、フランツは自身の勃起した欲望を差し示す。

「無理強いをしているのではないと思わせて欲しい。これだけはきみから望んでくれ。口に出して、私のこれが欲しいって、ね」

たやすいことのように言ってのける。

フランツのそれの先端は滴を零し、濡れて、光っている。そこだけ質感の違う肌の色をし、筋を刻み込まれた屹立。大きく太く張り出した先端は、凶悪だ。

じっと凝視され、教え諭す口調でそう言われているうちに、頭のなかがまた朦朧としていく。だるくなった全身のなかで、内側の、感じる場所を幾度も指で擦られ――欲しいと言えと示唆《しさ》されるだなんて。

ずるい。でも――きっと、正しい。

合意の上の行為なのだという確認をここにきて、取る。達したあとの将史が「やっぱりやめた」と気持ちを翻してしまうとは、思わないのだろうか。自信なのか、計画なのか。ここでやめたとしたら、将史は後悔するだろう。自分だけ感じて、フランツに飲ませて、怖じ気づきましたごめんなさいと逃げて――明日からどういう顔をしてフランツと仕事をする？

この先に進んでしまっても、顔を合わせづらい。進まなくても、どんな顔をしたらいいのか困る。だったら……。

「あなたの……それが……欲しいです」

フランツの指が抜かれた。すっと引かれたことで、後ろに空白を感じる。

そのままフランツは将史の横を膝立ちで進み、ベッドサイドのボードから瓶を取りだす。

「男の嗜《たしな》みとして一応は寝室に用意していた」

説明しながらフランツは瓶の蓋《ふた》を開け、なかのものを取りだして指に塗りつける。そうして将史の後ろへと指を滑らす。

ぬるりとした感触がして、将史のなかに指が差し入れられる。

「嗜みって……？」

「今夜どうしてもと狙っていたわけじゃないが、いつかきみとこうしたいと思っていたからね。必要なときに準備が整わなくて、狼狽《うろた》えるはめになるのは私の好みじゃない」

きっぱりと言う。別なことについて語られているような気もする。

内襞のスイッチをフランツの指がとらえる。肉体がたしかにそこにあるという感触。むしろ肉体しかなくなってしまったかのような感触。

快感が将史のなかで嵐となって高まっていく。

達したあとの萎《な》えていた欲望が、後ろを擦られているうちに頭をもたげている。くちゅくちゅという音がする。ジェルで濡らしたそこが、はしたない音を立てている。

フランツの指が襞を擦り、引《ひ》っ掻《か》く。何本もの指が内部で蠢き、広げられる。内側から肉体を変えられていくようだった。鍵を開け、回し、別の扉を開く。快感しかなくて、頭も身体も、なにもかもが灼《や》き切れておかしくなるような世界へと連れていかれる。

フランツが将史の足首を片手でつかみ、高く掲げた。なにもかもを露わにし、見下ろしている。視線の温度が将史の肌を灼く。感じるはずなんてないのに、見つめられていると、そこにある熱量が将史の身体を溶かしていくようだった。

ほぐしたその部分から指を引き抜き、自身の屹立にもジェルを塗りたてて、後孔へとあてがう。

「あ……ああっ」

先端の太い部分を飲み込むとき、痛みが身体の中心に陣どる。

一度、達したあとで脱力しているからこそ、フランツのそれを押しのけずに咥えることができたのだろう。じりじりと縁を広げ、フランツが入ってくる。

「……く」

苦しくて、痛くて、熱いのに——満たされていく。ぴたりと自身の内部がフランツの屹立に寄り添っているのを感じる。

太い箇所が通り過ぎると、そのあとはするりと根元まで滑らかに入っていった。

軽く腰を揺らし、抜き差しをはじめる。一定のリズムで、将史の前立腺を屹立で擦る。

痛みのなかに快感が混じり、目の奥がチカチカと瞬いた。

将史の足を抱えて上げると、深い位置まで膝で折る。体重をかけてのしかかってくる。後孔に穿《うが》たれた楔《くさび》が上下する。フランツの動きに合わせベッドのスプリングが軋むのを朦朧と聞く。

突かれる度に欲望の焔《ほのお》が大きくなっていく。気持ち良すぎて、思考が飛んでしまう。後孔を穿ちながら、フランツは将史の乳首や屹立をやわやわと撫でる。気まぐれに触れると、ひくひくと下腹が蠢く。内奥を虐められたまま、前や乳首も愛撫されるなんて、耐えられない。

「……や、あ」

内襞が捲れ、将史の内部がフランツの楔にまとわりつく。擦られる。ぐちゃぐちゃにかき混ぜられる。大人になって以降、自分ではしないような姿勢になって、好きなようにいじりまわされ、ハンカチみたいに丸められ——組み敷かれて、貫かれ——。

息が、荒い。

包み込まれていたはずの神経細胞のすべてを剝きだしにされたみたいだ。感じすぎて、どうしたらいいのかわからない。

「——っ」

抽挿《ちゅうそう》が激しくなり、悲鳴が零れた。神経の先端が折れてしまったかのような、快感。息が一瞬止まり、身体と感情がばらばらに千切れる。ぎゅっと閉じたまぶたの奥でハレーション。内奥が締まり、フランツの楔をきゅうっと奥へと取り込むように蠢いた。

フランツが低くうめいた。

同時に、達していた。

かすれた吐息には色香が混じり、達したあとの放悦が、フランツの視線をあやふやにさせる。無意識に細めた目や、のけぞらせたのどに浮き上がるのどぼとけのラインがエロティックで視線を奪われた。

全身が小刻みに痙攣する。

フランツが身体を離すと、後孔から尻にかけて精液がとろりと零れた。尻の下に流れ落ちたそれが、冷たくなっていく。

ゆっくりと弛緩《しかん》し、手足をのばす。フランツが将史の身体を抱きしめ、深くくちづけた。

べたついた身体や汚れたシーツのことが頭を過ぎる。でももう指一本でも動かせそうにない。いまは。

フランツの胸元に鼻を押しつけ、息を吸う。汗と香水と煙草の匂い。きっとこの匂いを自分は忘れないと、なぜかそう思い――優しく頭を撫でられて、将史は、まぶたを閉じた。

そのまま意識がすうっと途切れ――深い眠りに落ちてしまった。


慌ただしい気配にハッとして目覚める。咄嗟《とっさ》に自分がどこにいるのかはわからなかった。見慣れない天井と壁。動かした手足がさらさらとシーツの上を滑る感触に、やっと事態を把握する。

――ここは大使邸で、ぼくは？

全裸のままだったが、目についた汚れは拭われていた。それでも起き上がると残滓が後ろを濡らした。

最中は現実感を失っていたが、事後の濡れた感触はやたらに生々しく赤面してしまう。

「起きたようだな。ちょうどよかった。至急シャワーを浴びて身支度を整えてくれ。大使館に向かう」

ドアが開き、あとはネクタイを締めるだけという状態に身支度を整えたフランツがきびきびと命じた。

もう朝なのかと慌ててベッドサイドの時計を見ると――まだ午前五時だ。

「大使？」

「海難事故だ。セシリア共和国の領海内で、日本のタンカーと我が国の漁船が衝突した。現地からすぐに連絡がきて電話で起こされた。きみは熟睡していたので起こさなかったが……」

ちらりと様子を窺うような思慮深いまなざしを向け、つづける。

「体力的に無理ならばもうしばらく寝ていてもかまわない。大丈夫そうだと思えるなら、きみにも来てもらえると助かる。朝になったら日本のニュースでもタンカー事故について流れるだろう。通訳してくれないか？」

「はい」

ぼおっとして紗《しゃ》がかかったようになっていた頭のなかに冷たい水がかけられたようになる。

海難事故？　ニュース？

一大事ではないか。

フランツは酒の酩酊《めいてい》も欲情の残りもすべて消し、険しい顔つきで手にしていたネクタイをするりと結ぶ。

「漁船は沈没したが、タンカーは無事らしい。漁船側の被害者の人数については、いまだ正確な人数が出ていない。どちらに非があるかもまだ確定された情報が届いていないが、日本のタンカーサイドに回避義務があったらしいと第一報では連絡が届いていた。タンカーからは原油が流出し、そちらの被害対策もすぐに整えないとならない」

跳ね起きたら――全裸だった。どうしようと戸惑うが、ここで時間をロスさせるほうが嫌だった。カッと熱く火照った顔のことは無視し「シャワーお借りします」とフランツの横をすり抜ける。

「シャワールームは向こうだ。タオルや備品はすべてセットしてある」

シャワールームに駆け込む将史の背中を、フランツの声が追いかけてきた。

事故が発生したのはセシリア共和国現地時間夜九時。日本とセシリア共和国は七時間遅れの時差がある。

「南西に面したセシリア湾を航行中に接触したようだ」

現地からはひっきりなしに連絡が入ってくる。

大使館には緊急で呼び集められた職員がデータを集め、フランツと共に対応に追われている。

「すぐにタンカー側が漁船員の救助を行って、幸いなことに死者はゼロ。ただし漁船とタンカーそれぞれの船体の破損の問題がある」

「タンカーの原油漏れが……」

現場からの画像がネットを通じてこちらに流れてくる。

「特に悪天候というわけではなかったのに……判断を誤ったとしか」

「あの湾の内部は独特な潮の流れがあるらしいから、それが要因かも……」

職員たちが早口で情報を交換しあう。

セシリア共和国の国防省がすぐに共和国の駐在日本大使に連絡を取っており、そちらでも話は進んでいるようだった。

「日本の首相との連絡が取れません」

「こちらに非がないようなら私から首相にお詫びを申し上げる筋ではない。本国での大統領と日本の大使との話し合いの結果と、船舶保険会社の担当者からの報告も待とう。セシリア湾のタンカーからの原油流出については、海洋汚染の観点で日本の今後の対応を引きだしたい」

フランツとメアリーはピシッとしたスタイルでいるが、その他の面々は、寝ていたところを叩き起こされて招集をかけられたせいか服も顔もよれよれだった。それは将史もそうだ。昨日脱いだままの服を着直しているが、そんなことを気に病む余力なんて、いまはない。

現地での対応策を取るのに合わせ日本国内でも対策を練る。

日本の官僚や政府サイドと電話が行き交う。

「こちらの官僚や政府に問い合わせるより船舶が加入している保険会社に連絡したほうが早い。漁船の補償についてもそうだが、原油の流出が拡大してしまったら我が国の漁業は大打撃だ。私たちは国の人間を守らなくてはならない」

素早く動いた共和国側の人間とは違い、日本政府の対応はずいぶんと鷹揚《おうよう》にかまえたものだった。人命が関与していなかったこともあるのだろうが、国としてのスタンスの差かもしれない。

「首相はいいから国土交通省の該当部署に連絡を」

「海事局ですね」

地図にポイントを打ち、現地からの情報にうなずいてつぶやくフランツの横顔に――見とれた。

会議のときも講演会のときもパーティーのときも――フランツは輝いていた。けれどいま、睡眠不足の憔悴《しょうすい》した顔つきで職員たちと対話をし、かかってくる電話にきびきびと答えているフランツの姿は、普段の飄々《ひょうひょう》としたユーモラスで魅力的な男の別な一面をいぶり出して見せていた。

がんとして引かない――自国のために闘う意志を持つ男。

飛び交う言葉の応酬に将史の身が引き締まる。

外交官は――大使は――柔らかく、国の形に寄り添って、それでいてしっかりとした芯を持って挑むものなのだ。華やかな接待の場を支配するために、自室で事前に予習を行い、あらゆる書類に目を通す地道な作業をこなしているフランツ。縁の下の力持ち。いざというときには寝る間も惜しみ、身を削る。

熱された室内の空気のなかで、将史の感情もまた高ぶっていく。守るべきもののために身を挺《てい》して、水面下で静かに闘いつづけている男女。実際に弾が飛び交う戦争ではないが、ここもまた戦場だった。

国と国とのやり取り。平和に国同士が渡り合うためにくり出す舌戦であり、数字や書類の弾であり――。

全身の肌が総毛立つ。すごい仕事なのだ。ここにいるみんなが自国のために働いている。いちいち国への愛なんて表明はしないけれど、でも……。

自分はなんのためにここにいるのだろうと思った。

日本人として、通訳としてここにいる。セシリア共和国のことをちょっとだけ知っているからと通訳で雇われて――将史はここでは部外者だ。

熱くなった感情が、膨らみきって、亀裂《きれつ》が走る。

働くための第一歩とか、モラトリアムとか、そんな生焼けな気持ちはこの場の熱気に焼き尽くされてしまった。ディスプレイに広がる二つに折れて沈む漁船の映像。タンカーから漏れた黒い油。ひっきりなしにかかってくるセシリア語の音声。電話がかかってはフランツが受け取り、手短に切り上げて、職員たちと向き合う。

将史がいるべきはここではないのだという疎外感。

でもなにかがしたいと、はじめて、感じた。

ちいさな魚だろうが、大魚だろうがどうでもいい。自力で泳いで、なにかをしたい。将史は、自分のための泳ぐべき海を探したいのだ。探すべきなのだ。

6

セシリア共和国海域での海難事故は、手を回すべきところにすべて手を回し終え、保険会社も交えての交渉がスタートし、順当に漁船の回収作業と油処理剤の散布が開始された。

手続きが多く、一足飛びに進まない日本政府の対応に業を煮やし、フランツが走り回って指示を出した成果でもあった。

「でも、きっとすぐに日本人たちは忘れちゃうのよ。セシリア共和国で事故がありましたなんてニュースで流れてても、どこだっけそこって、みんな右の耳から左の耳に流してるのよね。アメリカとイギリスとフランスにしかみんな興味ないんだから！」

めまぐるしく過ごしたのは三日ほど。やっといつも通りの多忙さに——フランツの日常は普通でも忙しく分刻みなのだ——戻ったときに、メアリーが軽く肩をすくめ淡々とつぶやく。

「そんなことないですよ。だってぼくはセシリア共和国が好きですし、ぼくの先輩も仕事で赴任して以来、セシリア共和国大好きだって言っているし……」

「チカは昔暮らしてたことがあるからでしょう？　知ろうと思ってもらわないと、なかなか認知されない国ってのもね。政治的にそれでとても困ってるわけじゃないけどもなんだか腹が立つわ。首都だって、東京《とうきょう》よりずっといい場所だし。冬に雪が降って寒いってのはいまひとついただけないけど」

「そういえば……雪も降りましたよね」

国土は狭いほうなのに、地形的には山もあれば海もあるのだ。地域によってきっぱりと気候が変わる。山岳地帯に近い土地は冬の積雪が多い。

首都のリュセナは冬になるとキンと冷えて雪が降る。

「チカ、雪遊びしたの？」

「そうですね。雪だるまみたいのを作りましたよ。雪合戦もしたし。でも……外遊びが大好きっていうタイプじゃなく、自宅で本を読んでもらったり、テレビを見てたりする子どもだったから」

「チカらしいわね」

メアリーがちょっとだけ笑う。

「セシリア共和国に限らず、知ってもらったら好かれるのに、馴染みのない国って多いんじゃないかな。日本だってきっと同じですよ。別の国の人たちに日本がどこまで知られてて、熱心に受け入れてもらえているかっていうと……。極東の島国で国民はみんなカンフーマニアだぐらいの理解しかされてないこともあるような気がします」

もごもごと言い訳のような、なんだか不明なことをメアリーに言う。

「カンフーは中国よね？」

「でも日本と中国との区別がついてない海外の方たちも多いんじゃないかな」

「政治や経済で関わってないと、そうなっちゃうかもね。──うちは観光にも力を入れたいから、もっと日本にアピールしたいって大使も言ってるし……そういう意味ではいま駐日大使館が頑張るべきところなのかしらね」

やれやれとメアリーが首を横に振る。

「それでいくと、これは頑張ってるけど……頑張りすぎよね。皇室がメンバーに入ってないことがおかしいようなリストよ。よくぞまあ秘密裏に準備して、ここまでのメンバーに参加の返事をもらえたものね」

ハラリとつまんで突きつけてきたのは、フランツと将史《のぶちか》とがふたりで計画を練って、下準備を進めたパーティーのリストだった。

「海難事故関連がどうにかなったわってみんなが安心したタイミングで、このリストを出してきて、すでに招待状も出していて内々に出席の確認はいただいているからなんて、涼しい顔してやられる私たちの立場を考えたことある？　私たちを休ませたくないわけ？」

「そういうわけではなくて……」

今朝のミーティングで、フランツがパーティーに関しての情報を職員たちに公開したのだ。

知らされていなかった公使や、警備に関わる部署の担当者たちが一瞬にして青ざめていた。ミーティングメンバーの多数がぎょっとした顔で目を見合わせていたのを思い返し、頭が痛くなる。

「出過ぎた真似だったのでしょうか」

しゅんとしてうなだれて言うと、メアリーが「大使が命じたんだからそれでいいんじゃない？」と冷たい一瞥《いちべつ》と共に返した。

「それに少なくともチカはきちんと働いてくれるから――私には不満はないわ」

他の面々の気持ちまでは言い切らないのが、メアリーらしさである。将史は苦笑し、仕事を進めるためにデスクへと向かった。

その日からだ。

フランツと将史のあいだはぎくしゃくとしはじめた。

まず、朝のレッスンは事故の対応に追われているあいだは休止になった。

「ニュースについてはもちろん詳しく通訳してもらいたいが、朝のあの時間をあてるより、ミーティングの場で私以外の面々にもわかるように通訳してもらいたい」

フランツにそう言われ、もちろんだと同意し――細かく調べ、念には念を入れた訳文を新聞やニュースのすべての記事に応じて持参した将史である。

将史の資料も含めて、公使や大使が討論しているのを見て、誇らしく感じる。

最初は――忙しく、そして能動的に仕事をやる意欲に満ちた数日で――同時に申し入れられた「しばらくは朝の個人レッスンは休止にしてくれ」という意見も納得していたのだ。

だいたいこちらが食い下がってレッスンしたいと言い張る立場ではないので、同意するしかない。

仕事はスムーズだが、ふたりだけで綿密に話し合う時間が減少した。

ミーティングのときですら、視線が合わなくなった。わざとそらしているわけではない。よく考えてみれば、それが普通なのだ。フランツは将史以外にも話し合ったり、親交を深めなければならない相手が多数いるし、仕事においてはもっと有能なパートナーが複数いる。

今朝もまた、ミーティングでもこれという話がなかったなと、ぼんやりと朝の会合を思いだしながらPCのディスプレイに向かう。

フランツから言いつけられる雑事が減ったため、将史は、ずいぶん仕事に余裕ができてしまった。

カツカツという靴音が響き、部屋の前で停止する。長いスライドで大股に歩く、フランツの足音だ。

すぐにドアが開き、歩調を緩めず、将史のデスクの後ろをフランツが行き過ぎる。

「今日の懇親会にチカの同行は必要ない」

立ち止まりすらせず、ただ、それだけの台詞を放り投げていく。

「はい」

答え――振り向いたときには、フランツはもう自室のドアの向こうに消えていた。

いままでが、濃厚すぎただけかもしれない。本来の通訳仕事以外のものまでも、将史に割り振られ、連れ歩かれていた感は、あった。

「大使――今日の会合のメンバーのデータです」

ノックをして部屋に入ると、フランツは煙草をくゆらせて電話を受けている。軽くうなずき、そこに置いていけという合図。

――それだけ？

もちろん、それだけでいいのだ。

将史はただのバイトでしかなく、フランツがいちいち将史のご機嫌伺いをする必然は一切ない。

なのに「もうひと言」を望んでしまうのは、将史がふたりで過ごした夜を勘違いしているだけなのだろうと、わかっている。

一礼をし、部屋を退出する。

――あの夜の出来事はなんなのだったんだろう。

夢でなかったけれど、現実でもなかったのかもしれない。何事もなく朝を迎えたのなら、そこでなにかしらの話し合いを経て、あれがどういう意味づけのセックスだったかを知ることができただろうに——海難事故発生の報せで慌てて大使館に移動したため、フランツと将史は、互いにあの夜のことを確認しないままでいまに至っている。

「……それが一番いいのかもな」

ぼそりと独白を漏らす。

あの一夜は将史にとっては大きな一歩だった。いてもたってもいられないような高揚をずっと抱えて数日過ごした。狂騒にかられ、その勢いのまま仕事をし、事故の対応に慌てる周囲に煽《あお》られ、パーティーについて自分がこなしてきた準備事項を職員たちに引き継ぎ——。

でもそれは将史の個人的な内面の問題。

フランツにとっては「溜まった性欲を手近なところで放出した」だけだったのだろう。自慰のやり方を忘れたから相手をしてくれだなんて、無茶な提案。フランツからすれば言い訳でもなんでもない真実で——そこで将史が勘違いしてフランツの周囲にすり寄ってこないようにと遠ざけようとしている。

すぐそこにドアがあり、あの向こうにフランツがいるとわかっているのに——ずいぶんと遠い。

胸がヒリヒリと痛む。風船みたいに、感情を内側から膨らませた挙げ句、パチンと弾け、萎《しぼ》んでいく。亀裂《きれつ》が入って割れたハートが、痛くて、痛くて、たまらない。

期待や好意や希望を、勝手に自分のなかで積み上げていった将史が悪い。

バラバラだったそれぞれの感情を重ねていって、高い塔を築き——最後にポンと乗せたなによりも重たいひと晩の行為により、それまで積んできたものが一気に崩れて、雪崩《なだ》れ落ちていく。

壊れてしまったというポカンとした気持ちと、たしかにあったはずのなにかの積み重ねが崩れ落ちてしまったという悲しみと痛みが、将史の胸をぎゅっとわしづかみにしている。

将史がフランツに抱いていたのは、形にならないものだった。自分以外には見えなくて、人に説明しづらいもの。愛情なんてみんなそんなものだ。胸のここにあるよと言い張ることはできても、在処と形を他者に見せびらかすことなんてできない。

将史が踏みだした一歩は、ちゃんと地に足をつけたようなものではなかったのだろうと思えば、空しいし、寂しいし、泣きたくなる。

でも、将史のなかには確固たる痕跡があった。

あるのだと思いたかった。

勝手に好きになって、のぼせて、手を出されたことに有頂天になって——うざがられて切り捨てられかけているのだとしても、踏みだしてしまった一歩のことを、なかったことにはしたくなかった。

フランツの冗談を聞けなくなって、どれだけ将史があのくだらないジョークを愛していたのかを知った。

飄々《ひょうひょう》として煙《けむ》に巻き、笑ってごまかして、将史を抱きしめたり、キスしてきたりしたフランツの軽さに惹かれていた。癒やされた。

将史にはないフランツの人柄が大好きで——触れられるだけで嬉しくて——。

けれどそんな心情とは別に、日々は過ぎていく。月曜はまったりとスタートし、火曜になると大使館内のネジが回転しはじめ、水曜は加速する。

バタンと大きな音を立ててドアが開き、フランツが外出する。大股で将史のデスクを通り過ぎ、とってつけたように声をかける。

「相変わらず、チカのメモはよくできていたよ。ありがとう」

「はい」

でもどうして自分を連れていかないのか、通訳なのにと、恨みがましいことを言ってしまいそうでぐっと口をつぐむ。

ハッとしたようにフランツの足が止まり、怪訝《けげん》そうに将史の顔を見返した。

「顔色が良くないな。大丈夫か？」

少し離れた位置からかけられた優しい言葉と気遣いが、いまの将史にはかえって痛い。以前ならズカズカと側に寄って、顔を覗《のぞ》き込んで聞いてくるぐらいの距離感だったのにと、そう思ってしまうから。

「大丈夫です」

「……大使がこき使うからです。チカは疲れが溜まってるんです」

ふたりの会話を聞きとがめたメアリーが割って入る。

「私がこき使っているのはチカだけじゃない。きみもだ！」

きっぱりと言い返すフランツに、メアリーが「そうですね」と呆《あき》れたような相づちを打った。

「バイトでも休暇は認められていたはずだ。メアリーと話しあって少し休暇を取るといい。パーティーが終わったあとなら時間ができるだろう。メアリーもそろそろ夏の休暇の申請を考えているところだろうし」

「バイトの休暇のことまで考えていただけて恐縮です。大使」

とってつけたような言い方になった。顔が強ばっているのが自分でもわかる。

フランツは眉をひそめて将史を見下ろし、なにかを言いたげに口を開き——けれど、すぐに閉じ、きびすを返したのだった。

フランツが部屋を出ていくと、妙な静けさが室内に漂う。

パーテーションの向こうからメアリーが顔を覗かせ、将史の顔を確認する。

「たしかに疲れきった顔してるわよね。チカはここのところ表情が死んでる」

立ち上がって近づいてきて腕組みをしてそう言及する。

「疲れてるのはみんな同じですよ。ぼくだけじゃない」

「そうだけど……なんとなくピリピリしてるわよね。大使とチカの間が。なにかあった？」

探る視線にさらされ、心臓がのどから飛びでてきそうな気分になる。なにかあったといったら――ありすぎる。フランツと寝て、うっかり寝てしまったことを後悔したらしいフランツに、避けられている最中。

しかしそんなことは言えない。

「なにもないですよ」

「そうなの？　じゃあ、おかしいわよね。疑いも晴れたのに、どうしてチカを通訳として連れていかなくなったのかしら」

ぽつりとつぶやいた台詞が引っかかり、聞き返す。

「疑いってなんですか？」

あ、という顔をして亀のように首をすくめてメアリーが困った顔で笑って見せた。

とはいえ、わざとつぶやいたようなそぶりが垣間見える。メアリーに限って「うっかり」なんていうことはないのだ。

将史の様子をちらちらと見ながら、ゆっくりと話しだす。

「……疑いが晴れたから言うけど、あなたに一時的に、産業スパイの疑惑がかけられていたのよ。海底天然ガスの油田の情報が、本当ならば漏れない日本の企業に漏れているってことがわかって……企業間の問題ではなく、大使館側で情報を漏らしたのではって現地企業から突き上げられてね」

「産業スパイ？　天然ガス？　そんなの、ぼくは身に覚えがないですよ？」

「身に覚えがあったら、いまごろあなたここにいないもの。ちょうど情報漏洩が問題になったそのあたりでチカが赤毛美人がどうこうって、総務でパスワード入れて探してたり、チカのPCを使って自分の仕事には不要なファイルにアクセスしようとしていたから、チカなんじゃないかって疑われたのよね」

「違いますっ」

「うん。わかってる。調査して、スパイは見つかったから。チカじゃなかった」

　手のひらを将史に見せて両手を上げ「落ち着け」というように目配せしてメアリーがつづける。

「結局、大使館側は問題はなかったのよ。企業スパイが会社のあいだを渡り歩いてたっていうことで決着がついて、疑心暗鬼にかられてた大使館サイドの一部もほっと安心して、チカはクビにならずに通訳としてまだこの秘書室にいる。ね？」

「はあ……。それっていつ疑いが晴れたんですか？」

　つまり自分はメアリーにも疑われたまま、ここで並んで仕事をしていた時期があったということだ。胸の内側にタールのような汚れをなすりつけられたような不快感があった。

「大使が、チカのことを疑うなら、自分でチカを調べるから少し時間をくれって言って——もともとチカは大使のお気に入りでべったりくっついて仕事をしていたし、大使が目を配ってくれるならって……本来、そういう問題は大使じゃない誰かがやるべき事項なのに、みんな納得しちゃったあたりがフランツ大使のなせるわざよね」

「大使が？　だから朝から大使邸にいったりして密着させられていたってことですか？　そのために見張られていた？」

「最初は違ったけど、つい最近は、そういう意図が組み込まれていたのはたしかよ。でもそんな嫌そうな顔はしないで。そのおかげでチカの疑いも晴れたわけだし、大使が、チカにスパイをする隙も与えないぐらいに振り回すからそのあいだに別を探せって言い張って——実際にあなた、振り回されていたわよね」

「……はい」

頭のなかで、いまの話を嚙《か》み砕いて、時系列に並べていく。

最初は違ったとしても、将史が赤毛美人を捜すために他部署のＰＣに触れて以降のフランツとのやり取りは将史を自由に動かさないためのフランツの計略ということか？

その時期に合致するのは——酔ったフランツと寝てしまったこと。

あれは——性欲が溜まったからどうにかしてくれなんていう理由ですらなく、将史をフランツの側にできるだけ長く引き留めるためのものだった？

「大使がチカの無実を晴らしたってわけじゃなく、ただ振り回して、引きつけていてくれてるあいだに、別ルートで産業スパイが見つかったっていうことだから、実際には大使は特に活躍はしてないし……そういうのもあって、大使もあなたには言いづらいのかもしれない。というか、そういうのがあるから、いま、ちょっと避けてるのかしらね？」

「そういうのがあるから？　疑っていたから振り回していたけれど、潔白が証明されて——でもその証明は大使以外の人がしたから？」

「引きずり回して疲れさせた自覚もあるでしょうし、潔白が証明されたから、もうそこまでくっついてなくていいよって素直にあなたに言える立場じゃないし。言われたらチカだって嫌かもしれないしね。産業スパイだと思われてたかもなんて、嫌よね？」

「はい」

顔が引きつっている。疑われたのは素直に悲しい。

「これ、どこかから漏れるかもしれないから伝えとくけど、そもそも大使はずっとあなたの潔白を信じてたのよ？　そういう人間じゃない、見てればわかるって言い張ってたの。公使が、ちゃんと身の潔白を証明できるまであなたを引き離したほうがいいのではと提案してたけど、それを突っぱねたのは大使。正直、大使があそこまであなたを信じている理由は、私たちにはさっぱりわからなかったけど……でも、チカはいい子よね」

メアリーがクスリと笑う。

「それは私もわかってるつもり。具体的にすぐに証明できなくても、ただ、わかっちゃうことってままあるわよね。そのうちのひとつね。チカはスパイなんてしそうにない。でも疑われる立ち位置にいた。優秀な日本の学生で親が外務省なのに、外交官になるための試験勉強ではなく、この時期にあえてバイトでうちに来た」

「それは……」

ひとつひとつ指摘されると、疑われるような位置に自分がいるのは理解できる。

「親密に会っている相手のひとりが商社勤務で、セシリア共和国に赴任していた時期があり、天然ガスの取り扱いも行っている。その相手と会ったあとでいきなりいままで話したこともない赤毛美人がどうこうと言いだし、周囲に聞き込みを開始し、他部署のＰＣを触ってまわった」

「あ……それは……」

安原《やすはら》と会っていたことまで調べられていたとは驚いた。それだけ大事扱いだったということか？　疑われて糾弾されてもおかしくなかったのかと思うと、ざーっと血の気が引いていく。

「でも大使は、チカはスパイなんてしないと言いはって、かばった。裏付けはあとから取るから、信じろって言い張った。不思議なこと言ってたわ。チカはああ見えて、大きくて孤独な魚なんだ、そういう人間はそんなわかりやすい罪は犯さないですって。――詩的すぎて、覚えてしまった」

「大きくて孤独な……」

メアリーはその内容についてはピンとこないようだった。フランツが知っているのだからセシリア共和国内では有名な絵本だったのではと思っていたが――どうやらそういうわけでもないらしい。

「違います。ぼくは平凡でちいさな魚です」

ぽつりと言葉が零れる。メアリーは物問いたげな目をしてこちらを見返す。

もう充分、打ちのめされていると思っていたのに、さらなる止《とど》めを刺された。

知らないあいだにスパイ容疑が持たれていたこと。それをフランツがかばってくれたこと。けれどスパイの嫌疑をはらすためだけに将史を身近に引きつけて引き回していたこと。夜の大使邸で将史を誘ったのも、きっとそれがあったからだ。

――大使は、気づいていたのかな。

将史がフランツに惹かれていたことを察していたから、あんな誘いを持ちかけてきたのか。側に置いて、ひと晩過ごした。

「ぼくの嫌疑が晴れたのっていつなんですか？　海難事故が発生したあたりですか？」

「そうよ。どうしてわかったの？　海難事故の対応に追われてる途中で、チカの容疑が晴れて、産業スパイが見つかったの」

「だからよけいに大使館内があちこち慌ただしかったんですね」

「その上、チカと大使が、新しいパーティーの案内を持ちだして、私たちをさらにパニックに陥れたのよ？」

チクリとした憎しみと、ちょっとだけの親しみとを込めて、メアリーが将史を睨《にら》みつける。

乾いた笑いが漏れ、首を振る。

「ごめんなさい、ぼくはなにも知らなかったから――」

まぶたの奥が熱くなって、のどの奥がかすかに震える。鼻の奥がツンと痛くなり、このままだと泣いてしまうと、メアリーに顔を見られないようにうつむく。

寝たときが嫌疑の頂点で――そのあとで将史の疑いが晴れた。だからもうフランツは将史を連れ回す必要がなくなった。

その直前、将史がフランツを意識して、ふたりきりになるといちいち動揺していたときに、フランツが将史にやたら親しくしてくれたのは――あれは将史がスパイかどうかを近くで観察していたからなのだ。

信じてくれていたと言われれば、嬉しい。

でも、スパイじゃなくなったから、側にいなくてもいいのだと遠ざけられているいまが、悲しい。

調子にのって、自分はもしかしたらフランツに少しは好かれているのではと自惚《うぬぼ》れていた部分があった。その自意識が粉々に砕ける。用済みになったからお払い箱とか、気晴らしの気まぐれで手を出したけど後悔したとかですら、ないのだ。

保護者みたいに将史を観察して保護して、結果、大丈夫だったからもうあとは勝手にしろと放り出された。

わずかにあった希望が木っ端《こ》微塵《ばみじん》に吹っ飛んだ。

――好きになってはいけない人だとわかってたけど、でも、少しは好かれているんじゃないかって自惚れてもいたんだな。

望みはないと思っていても、いまのこの瞬間まで、小指の爪の先ぐらいの期待はしていたのだ。

メアリーは将史のためを思って話してくれたのだろうと思っても――知りたくなかったと、恨む。

「チカ大丈夫?」

まぶたの奥で、涙を止める。まさかこんなことで泣いたりなんてしない。できない。

泣いている理由をそもそも人に説明できないから。フランツに恋をして、失恋して、その痛手で泣いてるなんてメアリーにも、それ以外の誰にも言えない。

「ちょっとショックで……すみません。スパイだなんて」

顔を上げ、口元を片手で押さえ、困った顔をして笑って見せた。この程度の芝居なら将史にもできる。

「でも大使はずっと信じてたわ。他の人からあなたの耳に入るより、まだしもそのへんのことを私が説明したほうがよかったかなと思ったんだけど……言い方がまずかったかしら？」

「いいえ。メアリーに教えてもらって、良かった」

辛辣《しんらつ》だけれど、将史のためを思ってくれているメアリーの気持ちを感じ、将史は困り顔のまま微笑む。

——笑えるんだな。

笑い返してくれるメアリーを見て、ぼんやりとそう思った。泣きそうで、胸が痛くて、粉々にいろんなものが砕けていても、自分は、大人ぶって笑って見せられるんだな。

いつまでも足踏みしているモラトリアム世代。けれどきちんと大人にはなっているのだと——取り繕って見せる知恵もついているのだと、客観的にそんなことを思う自分の心境の冷静さが、傷ついた胸に染みた。

混乱をどうにかしたくて——頼ったのは、またもや安原だった。

ちょっと遅くなってもいいのならと指定されたのは翌日の十時過ぎ。それでも将史の誘いを断らない安原は、面倒見のいい先輩だと思う。

「忙しいところ、呼びだしてすみません」

いつものようにチェーン店の居酒屋に落ち着き、頭を下げる。以前なら、安原が「時間をどうやって作っていたか」なんてピンとこなかったけれど、いまの将史は、多忙な社会人が、遊ぶための時間を作りだす大変さを把握している。

「貧乏ひまなしなんで、金になるような多忙さを俺にくれれば相殺します。なに？　赤毛美人情報？　関税関係の共和国がらみのなにか？　それとももっと……」

ビールのジョッキ片手に笑いながら応じる安原の顔をじっと見る。

――そういえば天然ガス資源がどうこうって、前に言ってたような？

しかもそれは将史が大使館にかけられたスパイ嫌疑と一致するような？

「赤毛美人は……捜してみたけど、見つかってないです」

もやもやと広がった疑いは、けれど目の前の安原の屈託のなさを見ると、まさかと否定するしかない。メアリーには、将史が安原とまめに会っていたことも疑われる要因だったと指摘されていた。

そもそも将史にセシリア共和国大使館でのバイトを勧めたのは安原で――でも赤毛美人を捜せというのが当初の話で、さらに言えば、モラトリアム状態の将史に活を入れるためになんでもいいからと背中を押してくれた安原の善意がたぶん発端で――。

安原は将史にとっては信頼できる先輩で――よもや、自分がなにかに利用されるとは思いもよらない。

なのに、当の安原が、将史の不安を煽る発言を落とした。

「じゃあ……今回呼ばれたのは、企業スパイがらみのネタかな?」

思わず、安原を凝視する。

「なんで……それを」

零れ落ちた台詞に、自分で「あ」と思い、口をつぐんだ。かまをかけられたことの肯定になってしまう。これは知らない顔をすべきことだったのに。

「そういうの、もし本当にこれから外交官になるとしたら、まずいよね。箭内《やない》は顔にはあまり感情が出ないんだけど、うっかりなにか言っちゃう的なことが多いからなあ」

さらりと言われ、将史は意を決して安原を見つめて問いかけた。

「もしかして……大使館にからんだ企業スパイって先輩の会社が関係していたんですか?」

「なんのこと?」

くすっと笑って安原がビールを飲む。笑顔じゃないと安原の顔立ちはとてもきつく、怖い人に見える。笑うとその印象が、がらりと一変する様子が好きで——安原の人柄を信じていたのだけれど……。

将史は、もはや、なにがなんだかわからなくなっていた。

海難事故が起きた直前の夜からずっと、将史は嵐に投げ込まれたかのように、周囲にもみくちゃにされている。

──嵐？　いや、これは洗濯機程度のことなのか？

狭い世界で揉《も》まれて、ぐるぐる回転させられて目を回している。洗濯機のなかでゴシゴシと洗われた衣類的なものでしかないのか？

「嘘。わかってるよ。ごまかす気があるなら、最初からこっちから話をしたりしない。箭内は本気で腹芸ができないなあ。そんなんで大丈夫か？」

ニッといつもの笑い顔になって、将史の額を手で軽くこづく。

「おまえに大使館のバイトを勧めたとき、下心は、あった。でも今回の件に俺は関与してない。別な人間が関わって、そいつが使ってた企業スパイは見つかって処分されたらしいよ？　だからうちの社内でも秘密裏に、わかる人間のあいだだけで、ちょっとゴタゴタしてるけど……。今日、呼びだされたのは、どうやらそれに関係したもんじゃないようだな」

頭を左右にちいさく振り「なんだかなあ」と、独白めいたつぶやきを漏らす。

「調子くるった。おまえは人を疑わないからなあ。おまえが疑われてたらしいってネタもちらっと入ってきてたから、怒られるのかなと思って、ここに来たのに」

「怒りません。でも、すごい情報網なんだなって驚いてます。感心してます」

「本当に箭内はいちいちピントがずれてるな」

「……そうでしょうか」

そもそも企業スパイとか、自分がスパイとして疑われるとか──あまり日常的に浮かぶ発想ではないので、ポツンと置いてけぼりにされているだけだ。現実感に乏しい。

「実際にスパイがなにしてるかって言われたら、映画に出てくる人たちみたいなのしか想像つかないんで……。ぼくが盗聴したり、銃撃戦したり、カーチェイスしたりは絶対にできないだろうし、なんだろうそれっていうか」

「そんなスパイいまの日本にいるかよ。盗聴やハッキングはするけど、銃撃戦て。ま、ひょっとしたらいるかもしれんけど、俺の周囲にゃいないな」

呆れた顔になり安原が乾いた笑い声を上げる。

「そんなんだから、下心ありでバイト斡旋《あっせん》しつつも、まあおまえから俺に有益な情報なんて得られることもなかろうと思ってましたよ。でも、うっかりなにかをポロッと零して、俺が、おまえ自身が気づいてないようなネタを拾って仕事に活かせるかもという夢は見た」

「……拾えましたか？」

それはとてもありそうだ。気づかないで、うかうかと話題にのぼらせたことが、実は安原にとっては有益な情報だった的なことは、あったかもしれない。

さーっと血の気が引いていく。

無意識に安原に対してスパイに似た行為を果たし、情報を与えていた可能性があるのか？大使館サイドにとって外部に漏らしたくないようなことを語っていたり？

「拾えたとしても、ここでおまえに言うほど迂闊《うかつ》じゃない。それに自分じゃ気づいてないかもしれんが、おまえが大使館で働きだしてから、おまえの話の中心はいつでもフランツ大使についてだったよ？」

「……それは」

「俺までもがフランツ大使豆知識辞典を発行できそうなほどに、ちょっとしたフランツマニアになれた。内心それが悔しかった」

「悔しかったって？」

「すごい勢いで、箭内が、他人に興味を抱いていくのを身近で見てしまって――ヤバイなあって思ったってこと。俺、箭内のこと大学時代好きだったんだぜ。知ってた？」

「ぼくも先輩のこと好きですよ」

反射的に応じたら、安原が苦い顔になった。

「そういう程度の好きじゃなくてさ。男に抱くのははじめてだよなあってぐらいの好意は持ってたというか。ああ……こういうまどろっこしい言い方してると、箭内はピンとこないんだよな。つまり、恋してた！」

だんっとテーブルを拳で叩き、勢いづいたように安原が言う。

「え？」

予想外の告白を聞かされ、将史は目を丸くする。

しかし――以前ならピンと来なかっただろうけれど、いまは「そうか」と腑に落ちる部分があった。前ならば、同性の安原から告白されても「まさか」と笑って流して終わっただろう。安原が将史に対して示してくれた善意のすべてを「世話好きのいい先輩」という、人柄の問題として片付けただろう。

でも、さすがにもうそこまで鈍感ではなかった。

鈍感でなくなっていることに気づいて、我ながら驚いた。

冗談めかして触れてくることや、将史が親しくする相手に対して牽制《けんせい》をしてみせることが過去にあったこと。

——自分が恋をしたから、他人のそういう気持ちにも、敏感になったたっていうことか。

学生時代のあれこれや、ついこのあいだ、将史が安原にフランツのことを話したときの安原の反応や——そのすべてが、安原が、将史になんらかの好意を抱いていたと思えば、納得のいくものがある。

「でも安心しろ。過去形だから」

「あ……はい」

無意識に全身に力を込めていたらしい。つけ加えられた台詞に、将史は脱力する。

「かといってそんなにあからさまに安心されると、むかつく。わかってるよ。箭内にとって俺が対象外だったたってことはさ。並み居る美女たちをもたやすく玉砕させてきた箭内が、どんな女とくっつくのかにはずっと興味があったけど……まさか相手が男だとはさ」

「男って」

「だってフランツ大使のこと好きなんだろ？　くり返すけど、箭内、顔には出ないけど、ちょっとした言葉でうっかり気持ちが漏れてること多いよ。まして俺は片思い期間が長かったから、箭内の感情読み取り力には自信がある。そのうえで、あえて聞く。——好きになったんだよな？」

「——ぼくにだって常識があるので」

「箭内は基本的には常識派だ。で？　常識って、なに？」

「このあいだ先輩に言われたことは、しっかり理解してます。フランツ大使にとって、ぼくの存在はいいものじゃないだろうし——だいたい大使はぼくのことなんて欠片《かけら》も気に留めてやいないし」

「なんで？　話だけ聞いてたら、目茶苦茶、気に入られてるように聞こえてたけど？」

「というか……ぼくだって身の程知ってます。引き際はわかってるつもりで……」

と、語っているうちに泣きそうになり、ぐっと涙を飲み込む。ここで泣いてしまっては、安原に申し訳ない。人前で泣くこと自体に、みっともないという気持ちがあるのも事実。けれどそれより——いままで無条件に安原の感情を踏みにじってきていただろうに、ここでフランツへの失恋を告白するのは、さすがの将史でも無神経がすぎると思えた。

「ぼく、いままでたくさん先輩に甘えてましたよね」

ぽつりと言葉が零れて落ちる。

――って、こういうことをうっかり言いがちなところが、顔には出ないけど言葉に出るっていうことか。

言ってしまってから――安原にはずいぶんと見守られてきていたのだなと自覚する。善意に寄りかかりつづけていた。

「……たくさんじゃないけど、ちょっとは箭内に甘えられてたほうだと思ってるよ。でもそれが俺は嬉しかった。好きな相手に甘えられるのっていい気持ちだろ？」

「そうですね。うん。――そうです」

好きな相手が疲れていると癒やしてあげたいとか、だめな部分を見つけてそこに目を細めてしまう気持ちとか――そういうのも、好きな人に甘えられたら嬉しいという感情と地続きな気がする。

フランツの役に立ちたいという気持ちは――フランツに甘えられたら嬉しいのにという感情と同じものだと感じる。

「そこで肯定されちゃうと、振られたってのがやたら重くのしかかってくる。ピンと来ない顔して、笑ってごまかせよ。いつもみたいに」

安原が少しだけ泣きそうな様子で顔を歪《ゆが》めた。

「昔の箭内なら、なんのことやらって顔して、きょとんとしてたんだろうになあ。好きな相手ができたってことだよな。いっそおまえをスパイに仕立ててみりゃよかった。俺が暗躍したら、おまえなんて、スパイだって決めつけられてクビだったろうに！　なんで邪魔しなかったんだ、俺？」

「せ……先輩？」

「なんて、嘘。俺は好きな子は優しく優しくしちゃうタイプ。報われなくてもね」

すぐにいつもの、へらりとした優しい笑顔になり、ジョッキに口をつける。すごい勢いで飲み干すと、ぷはーっと息を吐き、つぶやいた。

「好きな子をわざと虐《いじ》める小学生男子みたいな男でいりゃあ良かったなあ。そっちのほうが箭内の好みだったみたいだしなあ」

「先輩？」

「とっくに失恋してたので、そういう顔されても迷惑だ。こっちはとうに結論づけて、いい先輩やってたし、傷ついてたのはもう何年か前。同情……ってわけでもなかろうけど、かわいそうがられる立場じゃないぜ？　それに、俺のことかわいそうって思うなら、大使館でいい情報あったら教えて。これは本当に」

はたしてどんな顔をして見せたのか――安原が将史に顔を近づけて、そう言った。

「……外に出していい情報ならば」

小声で応じた。

「うん。誰よりも早くに教えて」

まだ頭のなかが混乱していた。自分の気持ちや、安原の気持ち。スパイ容疑に、それを安原が知っていたこと。

「かわいそうなんて思ってないです。先輩は格好いいなって思って、ぼくは惨めだなって落ち込んでるだけです」

真顔で訴えたら、安原が「くはっ」と変な笑い声を上げて突っ伏した。

「馬鹿正直っぽい顔で、んなこと言われると、反応に困る」

起き上がり、頬杖突いて「はあ」と大きなため息をついた。

整理がつかないけれど、ただひとつわかっているのは——安原がいい人だということだ。

将史をつかず離れず見守ってくれていた。好きな人には優しくしたいし、甘えられたら嬉しいという言葉そのままの愛情。ずっと見過ごしてきた心地のいい優しさに、どうしたらいいのかわからなくなる。

安原の気持ちが伝わってきているのは、将史がフランツを好きになったから。そうじゃなければ、安原の語ってくれた言葉は、将史の心にはストンと落ちてこなかっただろう。なんという鈍感さだと我ながら呆れる。

なんでフランツなのだろう。安原のことを好きになれば大団円だろうに。

それでも、こうしたらハッピーエンドだという、その相手を好きになれるようなものじゃあないのだ。安原の示してくれた優しさに感謝はしたけれど、恋にはおちなかった。なのにフランツにはひと目で惹かれた。

――抱擁記念日だなんていう嘘で、変な人だけどなんだかいいなって……。からかわれるたびに好きになって――軽い人のようで、仕事は熱心で有能でという裏表のあるところにも惹かれて――真剣な顔で箸を使うところや、その箸使いがとても不器用なところや、付箋紙を手に貼って机の上で突っ伏して寝ている馬鹿なところや……。

重なっていく記憶のひとつひとつが将史のなかで「好き」の濃度を上げていた。

「……外に出していいっていうことになった情報は誰よりも早く教えます」

それが将史が安原に返すことのできる精一杯。

安原は真顔になり「でも箭内はトロイからなあ。当てにしないで期待するよ」とつぶやいて、将史を絶句させた。

約束はしつつも、将史は実際に情報には疎く、安原に伝えられるような有益なネタを入手できないまま仕事がつづく。

安原もたぶん将史には本気で期待はしていないだろうなというのが、帰り際にはしっかりと読み取れて、そこが悔しくもある。

ちゃんと中身の詰まった仕事をしているけれど、空転しているような妙な気分で、日々を過ごしていた。

帰宅して、家に明かりが灯っているとホッとする。

ひとりで過ごしていたときにはそんなことを意識したことがなかったが、バイトとはいえ働きだすと、母が家で待っていてくれることがありがたいと思えた。

母は、働きだした将史の様子を、どうなることかと固唾《かたず》をのんで見守っていたらしい。

「やっとまともに帰宅できるようになった？　なにか区切りがついたのかしら」

帰ってきた将史にあわせて、食卓を整える母の後ろ姿を、ぼんやりと見ていた。

質問はしてくるけれど、それはただの会話で、母は詳しい返事を求めているわけじゃない。

「朝も早く出なくなったわね」

「う……ん」

そこに触れられるとチクチクと胸が痛む。出された味噌汁に箸をつける。煮魚を箸でほぐすと、そういえばフランツは箸が使えるようになったのだろうかなんて、そんなことを考えてしまう。

フランツは将史の贈ったピンクの躾《しつ》け箸で、箸を使う練習をしているだろうか。

胸が詰まるから、寡黙になって熱心に食事を取った。もくもくと煮魚をむしっていたら、母が向かいに座って微笑んで言う。

「パーティーがつづくとかえってお腹がすくのよね。外交官時代、私は忙しくしてて、ご馳走を食べそびれてたわ。お父さんもそう。お酒も飲めやしないしね」

「酔っぱらってられないからね」

「そろそろ私もアメリカに戻ろうかしら。お父さんだけあっちに残しているのも心配だし」

　母がつぶやき、将史は顔を上げて「うん」とうなずく。

「ぼくは――心配ないから。大丈夫だから」

　視線を下げ、煮魚を凝視しながら淡々と言う。ずっと心のなかでもやもやとしていた思考が、母とこうやって向き合っているうちに唇から零れる。

「もう一度、試験を受けてできるものなら外交官を目指そうかなと思ってる。いままでずっと、違う将来のほうがいいんじゃないかってジタバタしてたけど……セシリア共和国の大使館で働かせてもらって、楽しいなって……」

　この年でこんな告白を親にしている自分って、馬鹿っぽくないかなんて自嘲《じちょう》するも――それが自分ならば、馬鹿でも仕方ないではないか。

「……楽しいだけじゃなく、苦しいけど、でも、いいなって――思えたから。来年また受験し直して、今度は合格してみせる」

「そう？　私たち別に将史に無理強いしてないわよ？」

「知ってる」

無理強いされていたら、とっくに「やめた」と投げだしていた。将史の意志を尊重してくれていたからこそ、迷いつづけていた。

「ぼくさ、セシリア共和国で、お父さんを訪ねて日本大使館まで行って、そこで事故に遭ったよね。あんまり覚えてないんだけど、あれってどうしてひとりで大使館まで行ったんだろう」

曖昧《あいまい》な記憶をかき分けてみても思いだせない。そういう思い出はいくつもある。うすぼんやりとした断片の記憶。あえて聞くほどでもないかとそのまま放置している塊。

「あれは、あのときのナニーが彼氏とデートするために、あなたを放りだしたのよ。自宅に彼氏を引き入れて……あなたは手持ちぶさたで、突然、お父さんのところに行こうと決めたらしいわね」

母が眉をつり上げて、むっとした口調で言った。

「聞いてない。それ」

「言ってないもの。六歳のあなたにナニーが彼氏を連れ込んでいたのでクビにしましたなんて説明できなかったし、なにより私が出かけてなきゃよかったのよね。あのとき、なにもなくて良かった」

初耳だ。二十二歳にして知らされる事実。

「もしかしてあれがトラウマになって、外交官にはなりたくないって思われてるのかと思ってたわ。正直なところね。あれだけじゃなく——私たちは忙しくしすぎていたから」

両親はそんなことまで危惧《きぐ》していたのか。これもまた初耳だった。

「トラウマなんてないって」

笑って否定する。

「でもテロリスト関係のニュースを見ると、あなたは顔色が悪くなる」

「うん。……だよね。そこだけ妙に記憶に残ってるから。割れたガラスとか、倒れた大人とか。子ども心にやっぱりセンセーショナルだったんだと思う。怖かったっていうのを思いだす。けど、それでずっと脅えてどうなるっていうほどのトラウマではないよ？」

どうなんだろうと自問自答。もしかしたらトラウマだったのかもしれない。自分でも制御できないような一瞬の恐怖にとらわれることがあるから、トラウマなのだろう。そう思いたくないから、無視してきただけで。

絵本にしろ、風景にしろ、セシリア共和国というものが将史の意識のなかにしっかりと根付いたのは、けれどその衝撃的な体験ゆえだったのだとも思うから、トラウマにしたくないと——むしろいまはそうとらえている。

魚の絵本を今度探してみよう。セシリア共和国をまた訪ねてみよう。セシリア共和国で過ごしたときの記憶を、思いだしたいし、作り直したい。将史とつながる、共和国の記憶——フランツの過去とのつながり。

些細《ささい》なものでも、フランツとつながっていたいのだ。いじましいな自分はと、情けなくなった。でも——それが等身大の、自分の姿。

話すということは大切だ。フランツと接していて実感した。相手ときちんと向き合うこと。自分の親とすら、将史は、すれ違っている。

自身の記憶ですら、どうでもいいやと放置したきり——なんでいままでこんなに怠惰に生きてきていたのだろう。

「ぼくの孤独はちいさな魚のようなものだ、っていう絵本、お母さんは覚えてないって前に言ってたよね。あれってセシリア共和国で一時的に流行った本らしいよ。大使に聞いた」

きっとクビになってしまったナニーの趣味だったのだろう。通り過ぎていった誰かが、将史に手渡した記憶の断片。蓄積された思い出の屑が、将史という人間を形成している。

母は「そうなの？」と相づちを打つ。

両親の記憶にすら残っていない絵本のフレーズを、フランツが覚えていて、将史の前で引用してみせたのは奇跡のようなものだったと思う。

将史はフランツとすれ違っただけでしかないけれど——でも一時のこの出会いは将史の心の形を作ってくれた。人としての形。

——そう思えばいいのかな。

痛みは消えないし、本当はこの場で泣き伏したいし、大使館にもう行きたくなくて布団に頭を突っ込んで寝て過ごしたい。でも将史はそうしないで、働きにいく。

流されて過ごすのはもう嫌だと思えた。

フランツ以前とフランツ以降。そう分類してもいい程度には、将史は、変わっていたのだと――魚と格闘し、母と対話しながら感じていた。その変化は嬉しいようでいて、つらいものだった。どうということのない会話をしながらも、将史の胸はずっと痛みつづけていた。


悲しみは洗い流されたりしない。それでも誰かと話すことで、詰まっていた感情がほどよく流れはじめることも、ある。

悩みや悲しみの芯の部分からまったく乖離《かいり》した内容の話を母としたというのに――なぜだか将史の気持ちは、翌朝にはしっかりと固まっていた。

自分はこの後に準備して、公務員試験に挑み、外交官を目指す。

セシリア共和国大使館にはバイトの雇用期間が切れるまで、働く。フランツの片腕として、いままで以上に真剣に働く。

いつものようにメモを用意してフランツのデスクに運んだ。

頭を下げてすぐに戻ろうとしたら――フランツが将史を呼び止める。

「チカ、あの夜のことだが」

ハッとして顔を見る。表情豊かなフランツの頬が少しだけ強ばっているのを見て、将史の身体にも緊張が走る。

「どの夜ですか？」

即座にそう言い返すと、フランツが苦笑した。あまりにもすぐに聞き返しすぎて、かえって
「どの夜かは、はっきりとわかっている」と、身構えたうえで答えたようになってしまった。

ばつが悪くなって視線を泳がせてから、今度はしっかりとフランツを見返した。

「――嘘です。わかってます。あの夜ですね。海難事故が起きた直前の夜のあれは、ちょっとした過ちです。他言しません。本物の秘密です。ぼくは誰にも言いません。ご安心ください」

早口で一気にまくしたてると、フランツが目を細める。

「過ちだって？　でもきみはあれがはじめてで……」

言い募るフランツの台詞に、耳まで熱くなる。はじめてだったが、だからどうだというのだ？

「はじめてなのは何かに関係ありますか。奥手だったとしても好奇心はあります。それだけのことです。責任は感じなくてけっこうです」

「好奇心？」

フランツの眉がピンと跳ね上がった。

「誰にだってあるように、ぼくにだって好奇心はあるし、ちょうどいい誘いだったから、乗ったっていうだけです。遊び慣れてるわけじゃないけど、でも、一度きりの関係にすべきなのは

最初からわかってたし、そのつもりです。別にいちいち口止めのために声をかけなくても」

話しているうちに悲しみと同時に怒りまでもがこみ上げてきた。

必死で自分を落ち着かせて、冷静になろうとしていたのに、こんなふうに声をかけて煽らないで欲しい。わざわざ口止めしなくても、こんなこと吹聴するつもりなんてないのに。

「スパイの嫌疑がかけられたとき、大使がぼくをかばってくれたのはありがたいことだと思ってます。ぼくを側に引きつけて見張る必要があったからあちこちに連れていってくれて、そのついでにああいうことになったのも、わかってるつもりです。大使は誰に対してもああなんでしょうし、そもそもぼくが雇用されたのは男だったら大使に口説かれないだろうからだって……」

途中から、嫉妬《しっと》と愚痴が混ざった泣き言になっていく。慌てて回収しようとしても、頭がうまく回らない。

「だから……大丈夫です。言いませんから、もうぼくのことは気にしないでください」

目茶苦茶な結論を言ってのけ、部屋を出ようときびすを返した。

「大丈夫って、なにが?」

フランツが立ち上がり、将史の手をつかんで引き留める。

——嫌だ。痛い。

触れられると、心臓が跳ねた。フランツの匂いを感じると心がときめく。近くで働くだけでも酷なのに、こんなふうに手を引き寄せられると――胸が張り裂けそうだ。

将史は咄嗟《とっさ》にフランツの手を振り払っていた。手の甲がフランツの脇腹に当たる。

そこまでの拒絶をされるとは思っていなかったのか、フランツがさすがに驚いた顔で将史を見た。

「あ……すみません」

「いや。すまなかった。――私はきみをとても傷つけたようだな」

フランツの声が低く沈む。心から悔いる表情。でもそんな顔をさせるために、あの幸福な夜があっただなんて知りたくなかった。

「そんなつもりじゃなかった。すまなかった」

「……いいんです」

将史は目をそらし、今度こそフランツに背中を向け、部屋を出た。フランツはもう呼び止めなかった。

7

つらくても仕事はつづけたいと決めていたので、辞めはしなかった。帰宅してから勉強にも励んだ。母は将史《のぶちか》の現況に喜び、安心して父の元へと旅立ち——将史の周辺はひどく静かになっていた。

——自棄になって努力してるような？

動機はどうであれ、前に進んでいるのならいいことだと無理矢理に結論づける。

固い地面を歩いている気がしない。ちょっとしたきっかけで、心が奥深くまで落ちていき、吐きそうになる。

でも、気落ちしていようと、胸が痛もうと、日々は過ぎるし、仕事は押し寄せてくるのだ。

それは安らぎでもあった。

フランツの側で働くのは胸が引き裂かれそうで——でも働いて役に立つことを支えにして、毎日を過ごしていける。

自分がふたりに分裂したみたいになっていた。

冷静に見えて淡々と働く将史と、なにも考えられなくて倒れそうな将史と。

眠れなくて、叫びそうになって、泣いて——疲れて果てて明け方に少しだけ眠りに落ちてというくり返し。

パーティー当日——大使館前の道路に黒塗りの車が並ぶ。

「小規模な内輪のパーティーですからって、どこがよ⁉　あのメンバーで」

メアリーがぶつぶつと文句を撒《ま》き散らしながら、ケータリング会社に指示を出している。

公使が会場となった部屋を見渡し、職員たちに「全員の顔の見分けはつかないと思うが、気にするな。誰でもいいからゲストはもてなせ。今回のゲストは全員、大事だという、その一点だけ覚えておけ」と講釈を垂れている。

「すみません」

ちいさくなってメアリーに謝罪する。将史のせいではないのだが。

「……チカに謝られても仕方ないわよ。チカが誰より働いてるってのは、その顔を見たらわかるし」

「別にぼくは……」

「これが終わったら一週間は休みなさい。倒れる寸前の顔してるわよ」

メアリーが表情を曇らせ、心配そうに将史の顔を覗《のぞ》き込んだ。

まさか——失恋の痛手で眠れないだけなんですとは、告白できなくて、無言になる将史だ。

「そうですね。これが終わったら一週間お休みをいただこうかな」

休暇を取れとフランツにも前に言われた。働くことで気を紛らわすにしても、失恋をした相手が毎日目の前にいて、通訳としていつも側に控えなくてはならないのは、やはりつらかった。

少し休めば、また気持ちも切り替わるかもしれない。

「終わったら、ね。とりあえず今日はこれに専念」

きりっとした顔になり、メアリーが会場を見渡す。そして将史から離れ、受付のほうへと向かった。

将史がリストを作ったから知っている。カクテルパーティーに集う人びとは、それぞれが重要な人たちだった。政治や経済において、鍵を握っているくわせ者たち。日本国内で影響力のある芸能人。

フォーマルな衣装に身を包み、将史もメアリー同様、裏方として最終チェックをして回る。

受付を通ってやって来るゲストたちににこやかな笑みを向けると、ちょうど、フォーマルスーツを着こなしたフランツがゲストたちを両手を広げて歓迎しているところだった。

芸能人もいるというのに、そんななかでもフランツが誰よりも人目を惹くし、目立っていた。

ケータリングサービスに用意してもらったのは和洋取り混ぜた食事だ。

酒は取らず、ライム入りの炭酸水でのどを湿らせる。通訳として、将史はフランツの側にいなくてはならない。

フランツはどこかよそよそしい状態のままだった。いまとなっては将史もそれ以上距離を詰めようという気持ちもない。はなからフランツは将史のことをどうとも思っていなかったのだし、夢は見ないほうがいい。

奇妙なことに、諦観《ていかん》が将史を強くしていた。諦《あきら》めることで、将史は、フランツの側で働くことができたのだ。共に過ごす未来がないことが、将史の芯を揺るぎなく固めていた。

これが現実。ここで将史は、フランツの仕事の手助けをする。

ふたりに共通の未来はなく、愛もなく——だからこそ将史はいつも熱意を込めて仕事ができる。いましかないのだし、明日はどうなるかわからないのだから、この瞬間にすべての重みを感じて働くしかないのだ。

もう一方で、ぐだぐだに崩れ落ちて、もうなにもかもどうでもいいと投げだしたくなる弱い将史もいるにしろ——諦めた強さゆえに、いまは、まだ、働けている。

メアリーが離れていってすぐに、フランツの姿を捜し、近づく。

「チカ……いつのまにかきみはネクタイをまっすぐに締められるようになったね」

少し後ろに、目立たないように控えた将史に、フランツがそう告げた。

「え？」

「前みたいにたやすく触れられなくなったな。残念だ」

かすかに笑い、フランツがうつむく。斜め後ろから見る横顔がわずかに翳《かげ》りを帯びる。痛みを感じさせる苦い笑みは、フランツらしくない。

「──つまらなくなりましたか？」

そんなことを言われたのが、とても昔のことのような。

『チカは仕事が手早くなった。でも、つまらなくなった』と言い放たれた日の夜の出来事は、ふたりにとってはなかったことになっている。

つい口に出してしまった台詞が自分の胸に刺さり、将史は、口を滑らせたことを後悔した。

「あれは嘘。きみはずっと私にとってはおもしろい男だよ」

フランツが将史を振り返らないまま、つぶやく。苦いものがこみ上げてくる。なにを話していても、つらい。

側にいる限り、心の傷は癒えず、何度も刃物を同じ傷口に突き立てているようだった。自分はMなのかと自問する。どうしてこんなにつらいのに、フランツの側から離れない？

「そうだ。──見せたいものがある」

フランツが唐突にそう言い、食事の用意をされたテーブルへと歩いていく。

黙って立っていたら、ちらりと後ろを向き、あからさまにしょんぼりとした表情を浮かべた。しっぽをしゅんと下げて足のあいだに挟んだ犬みたいな顔。

チクリと胸が痛み──同時に、なんともいえない切ない優しさが将史の内側に湧いてくる。

──なんで……。

絶句するしかない。

黙っていれば威風堂々とした美丈夫《びじょうふ》なのに、こうやって、思いもつかぬ表情を浮かべて見せるから、フランツから離れられないのだ。

無視することができない。

仕方なく、後ろをついていくと、フランツの顔がパッと明るくなる。自分より年上の一国の大使相手に「可愛い」と思うことが間違っているのに、そう感じてしまう。

フランツはテーブルの前に立ち、そこに用意された箸を持ち、皿を手に取る。神妙な顔をすると、美しく並べられた寿司の桶のなかから、卵の寿司に箸をのばす。

「あ……」

神聖な儀式のような仰々しさで一連の動作が行われ、寿司は崩れることなく、フランツの手元の皿に載せられる。

「少し上達したんだ。きみのおかげだ」

満面の笑みで、卵の寿司が一貫だけ載せられた皿を手渡された。

「……きみは卵焼きが好きなようだったから、きみにぜひこれを取って渡したかった」

胸を張って、満足げに言い切る。教えられたことを会得して、褒められたくて、やって見せている子どもみたいだ。

将史はフランツを見上げ、返答する。

「卵焼きは別に好物じゃないです」

フランツは将史が行かなくなったあとも、きっとひとりで毎朝、箸と格闘していたのだろう。想像できてしまうから、困る。タイマーをセットして、将史が渡したピンクのあの躾《しつ》け箸で、この世の一大事みたいな顔つきで食事をしていたのだろう。

頭に浮かんだフランツのそんな姿を——愛しいと感じてしまっているから、参る。

子どもじみていたり、駄目だったり、不格好なスタイルをも魅力に感じてしまうから、もうどうしようもない。

「でもきみはいつもニコニコして私が卵焼きを食べるのを見ていたから、きっと好きなんだろうなと……」

「あれは、あなたがいつもとても嬉しそうに卵焼きを食べていたから、お好きなんだろうなと思って、それで笑っていただけです」

「そうか。でもきっときみも卵焼きは好きだ。だってこんなに美味しいんだから」

嚙《か》みあってないし、しかも押しつけがましいのに、フランツがそう言うと納得してしまうから、嫌だ。

「……って、チカ、なんで泣く？」

皿を受け取ったまま固まっていたら——フランツが動揺の声を上げた。

——泣いている？

指摘されたときには、すでに涙がほろりと零れ落ちたあと。

やっぱり好きだと実感し——優しくしないでくれと憎くなった。感情は不意打ちで眸《め》の縁から溢《あふ》れ、滴になって頬を伝う。

なんでこのタイミングでと自分を呪いたくなる。でも泣けてしまったからどうしようもない。仕事の場で、こんなふうに優しくされたから涙腺が故障した。諦めているし、なかったことにしているのに、そんな努力を無視して、変な同情をして将史を気に掛けてくれるフランツを恨みたくなる。

視線の端で——公使と話しこんでいたアメリカ大使が、フランツたちのほうへと並んでやって来るのが見えた。

パーティー会場には重鎮たちが集っている。フランツはバイトの通訳に寿司を箸で取り分けている場合ではない。将史も、感情を露呈させ、フランツの仕事の足を引っ張ってはならない。

「これは気のせいです」

手のひらで目元を軽く擦り、ごまかすために、寿司を手でつまんで一口で食べる。美味しいけれど、ちょっと塩辛い。涙のせいか。

アメリカ大使たちがこちらに来るまでに、通訳としての顔を取り繕わなければと焦っていたら——将史の考えを読み取ったかのように、フランツが「ゆっくり食べて」とささやいて、将史を置いて公使とアメリカ大使のほうへと足を進めた。

彼らとなら日本人の通訳は不要だ。

慌てて口に詰め込んだ寿司を、咀嚼《そしゃく》して飲み込む。落ち着いてと自身に言い聞かせる。フランツが好きならば、フランツの役に立つ人にならなくては。ここで泣いているのは、自分の想いとは真逆の行動だ。

我知らず大きなため息をつき、肩を落としてフランツたちへと視線を向けた。

にこやかに談笑している紳士たちの輪。

と――けたたましいベルの音が鳴り響いた。

耳に無理にねじ込まれるような大きな音。非常ベルの音だ。

その場にいるみんなが顔を見合わせる。

セシリア共和国側で用意した警備員たちが、ばたばたと部屋へと駆けつけ、ドアを開ける。招待された客人たちについたＳＰの何人かが、守るべき人物を保護するために囲い、避難させる。

将史が咄嗟《とっさ》に見たのは大きなガラス窓。整えられた庭を見渡せるこの窓を、フランツは、外から狙撃するには最適な窓だと評した。とはいえ防弾ガラスだし、なにより日本は安全な国だからそこまで心配する必要はないだろうとも言っていたが――。

すべてが、同時に起きた。

招待客のひとりの女性が、動揺して転倒する。叫び声。それを助け起こす誰か。警備の者が走り寄る。

目の前にくり広げられている光景がスイッチとなって、ふいに、過去の記憶が蘇る。

――この窓が割れたら?

窓の向こうに広がる庭にも、何人かの人影。庭にも白いテーブルがセッティングされ、よく冷えた飲み物がパラソルの下に置いてある。あそこにいるのはパーティーの参加者。

なのに、将史の脳裏に蘇るのは、白い煙と割れたガラス。倒れる大人たち。恐怖感にとらわれて頭が真っ白になった幼い日の自分。

さーっと血の気が引いていくのがわかった。理性では抑えきれない部分。恐怖が這《は》い上ってくる。

心臓が激しく脈打ち、床に足を縫い止められたかのように、身動きができなくなる。

頭のなかが真っ白になり、なにも考えられなくなった。

途端――将史は腕をつかまれ、窓際から引き離された。

煙草と香水の匂いが鼻腔《びこう》をくすぐる。失いかけていた現実が、将史をしっかりとつかまえる。

窓際から離れると同時に、記憶の残像からも引き剝《は》がされる。

将史は、自分を抱きしめ、窓辺から遠ざけた人物の腕のなかでちいさく震えた。

「――大使?」

「あの窓は防弾ガラスだが――それでもあそこにいるのは標的になりやすい。すぐに離れるべ

きだ」

将史を抱きしめ――壁へと押しつけたのは、フランツだった。

「大丈夫だ。きみのことは私が守るから」

つづけて、きっぱりと言い切る。

心臓がトクンと大きく音を立てて爆ぜた。

くしゃりと将史の頭をかき混ぜてから、背中を向けて室内を見渡し、軽く手を上げて話しはじめる。

――守られるべきはぼくじゃなく、大使なのに？

優先順位がおかしい。なにかあったときに警護されるのはフランツなのに、そのフランツが将史を抱き寄せて安全な場所へと移動させるだなんて。

「皆さん、落ち着いてください。――いまなにが起こっているのかを調べさせます。申し訳ない。――レディ、お怪我は？」

頭のなかが混乱したままの将史の手をさりげなく、引き寄せ、転倒した女性の側へと移動し、女性の手を取って優しく尋ねた。

倒れたのは日本の自動車会社のトップの妻だ。夫が横に並び、妻を気遣っている。

将史の手を引いて来た意図を察し、すかさず通訳する。

「大丈夫よ。――靴以外は」

と、女性は忌々しげに足下を見下ろし、片足を上げた。宝石みたいに光っているハイヒールの踵《かかと》が見事にポキリと折れている。これは訳さなくてもフランツに通じたようで、フランツが痛ましげな顔で夫婦と靴とを見比べた。

「――すみません。ケータリングサービスの職員が、間違って非常ベルを押してしまったようで……」

ドアの向こうから飛び込んできた警備員がフランツに走り寄り、耳打ちする。

「皆さん、これは予想外のアクシデントです。本当に申し訳ない。間違って非常ベルが鳴ってしまったようです。私たちは皆さんの安全を保障いたします。――その靴の補償も含めて」

慎み深い視線を女性と靴とに注ぎ、頭を下げる。

フランツのゆったりとした話し方と身振り手振りが、緊迫した雰囲気を緩める。

夫のほうが苦笑して「新しい靴を買う口実を妻に与えてしまった。なんということだ」と憂えて見せた。

「もちろんセシリア共和国の靴をお贈りしますよ。新進のデザイナーがいるんです。今日もパーティーに来ている。あとでご紹介しましょう。リサ・ウェンリーという……」

通訳して名前を告げたと同時に、女性が「まあ」と大仰に両手を合わせて歓声を上げた。

「ああ、知ってるわ。知ってるわ。私は彼女の靴が大好きなのよ」

「ではリサのところに参りましょうか。――ナイベルク公使、高橋《たかはし》夫妻をお連れしてください」

公使にそうささやき、一礼をしてから、別の公使に「警備の者たちに点検のし直しとその報告をすぐに」と指示してから、部屋に集うそれぞれの人の元へと、順繰りに飛びまわりはじめた。花のあいだを巡る蜂のごとく熱心に、人びとの気持ちを落ち着かせ、非常ベルの無礼を詫び、別室へと案内していく。

フランツに連れ回されて通訳をし終えると、その部屋にいる人間はひとりとしていなくなった。万が一のことを考慮し、もっと警備しやすく、安全性の高い別室へとスムーズに人を移動させていく。

そうしているうちに職員と警備の人間がチェックを終え――本当にケータリングサービスの人間がうっかりと非常ベルを押しただけだったということが確認された。

ホッと安堵《あんど》し、以降は、何事もなくパーティーが終了したのだった。

最後の客を送りだした途端、フランツの笑顔がかき消える。険しさを増した顔つきに、それまで慌ただしく己に課せられた役割を果たしていた職員たちにも緊張が走る。

「残念なことにパーフェクトじゃなかった」

ぼそりとつぶやいたフランツの肩が落ち、将史はかける言葉をためらった。なにを言えばいいのかわからない。実際に問題が起きて――重大な事態は引き起こさなかったけれど、ゲストたちの記憶には不祥事として残るだろう。

「……でも大使はそこをうまく切りぬけましたよ。少なくとも我が国のデザイナーの靴は一足売れた」

公使が慰め顔でフランツの背中にそっと触れる。フランツが口の端を上げて、ニッと笑う。

落ち込んだが、即座に立ち直っている。

「一足といわず、一万足は売りつけてやるさ。ただし、私の危機管理能力が問われるのは致し方ない。なにもなかったからいいが、これはペナルティ事項だ。明日になったらあちこちから苦情が届く覚悟をしておこう」

「でもあれはケータリングサービスのミスで……」

思わず口を挟んでしまった。フランツのせいではないのだと、慰めたかった。さらに言えば、将史のミスだと自責の念にかられていた。

あのケータリングサービスの会社を選択したのは、将史なのだ。

「……すみません。ベルを鳴らしたのは私です」

片付けに入った面々のなか、白い制服を着た若者がしゅんとしてフランツたちの前に立った。すぐ横には現場の責任者らしき、年かさの男性が並んでいる。

「後日、うちの上の者が謝罪に参ります。申し訳ありませんでした！」

白い帽子を脱ぎ、ふたり同時に頭を下げた。九十度の角度で下がった頭は、なかなか上がらない。

フランツが目を瞬かせて、ふたりの頭頂部をしばらく凝視し――笑いだした。

「……すみませ……んでした……」

笑い声に驚いたように、若いほうが顔を上げる。年かさの男性はまだ頭を下げたままだ。

「気持ちのいい謝罪をありがとう。誰にだって過ちはある。私にだってある。――セシリア人は、なかなか己の非を認めない人種だと言われているが、私は郷に入っては郷に従えで、日本人の美徳を見習いたいと思っている。きみたちの責任じゃない。私たちが悪い。頭を上げてください」

ゆっくりと上がっていく頭を見て、フランツが笑いを収める。

「ものすごい悪運だね。料理を入れたトレイを運んでいる途中で転倒して、料理を守ろうとして身体をひねったら肘《ひじ》が非常ベルを押したって？　そういう報告を聞いている」

「はい」

「ベルが鳴ったり、なんらかの異常事態が起きると、契約している警備会社に即座に連絡がいって、強面《こわもて》の兵隊上がりみたいな連中が一個団体駆けつけるんだよ。知っていた？　プロフェッショナルが必死でドタバタと大使館内と、外とを調べてまわって――なにもなかった、って太鼓判。最終的には平和だ」

「……すみません」

「アクシデントではあるが、ゲストたちは、大使館の警備体制の素早さには感心してくれたよ。それに警備のメンバーも、実に感じが良かったし……手際の良さと、対応の良さを、実地に知ることができていい避難訓練になったと思うよ」

実際、フランツの口から出任せというわけではなく、最初こそ驚いたが、結局は安全なのだと理解してからのゲストたちは、いつもと違う状況に置かれたことを楽しんでいる風情も見受けられた。

「非常ベルの音を聞くのは、大使館に来て、はじめてだ。めったにないものを聞かせてもらったよ。それもいい経験だ。――今日はお疲れさまでした。謝罪はやめて、きみたちの仕事をつづけて。きみたちが帰らない限り、私たちも帰れない」

和やかな言い方でフランツがすべてを収める。謝罪していたふたりは、あらためてまた頭を下げ、出ていった。

「警備会社からの報告も聞かなくてはならないな」

公使が眉を上げ「総務部警備担当者からも今夜のうちにお話を聞いておくべきですね」とフランツの隣に寄り添う。

「そしてもちろんナイベルク公使が最後に私を締め上げるんだ。こんなパーティーをこっそり企画したから罰が当たったと」

ているの。

ああ、と、天を仰いで「ひどい」とうめく。公使が、まったくこの人はという顔で苦笑している。

「怒られるべきはぼくで……」

一歩前に出て申告すると、ナイベルク公使が厳しい目つきで将史を見た。口を開きかけた公使の前に手を出し、制すると、フランツが将史に向き合う。

「チカは明日から休暇を取りなさい。一週間。メアリーが休んでいるあいだのきみの仕事のフォローをしてくれるし、どうしても通訳が必要な講演会や会議はこの一週間は、ない。いまが休むチャンスだ」

「それは……」

ナイベルクが将史を見る目はいつになく険しい。周囲の視線がチクチクと刺さってくる。疲れているから休めという意図より、責任を取って一週間謹慎していろという意味に受け取れる。

「わかり……ました」

「とりあえず一週間。もしもっと休みが必要なときは早めに連絡をくれ」

つけ足されたフランツの言葉が胸にぐさりと刺さる。一週間では謹慎が足りないこともある？

将史は「はい」と応じ、静かに頭を下げる。言い訳は、したくない。間が悪かっただけだとも思うが、けれどこれが本物の事故だったらどうなっていたのかと青ざめもする。

たかがパーティーで、ケータリング会社なんてどこでも同じではなんて甘く見ていた。

フランツたちの前からすごすごと撤退し、大使館内の片付け作業のために部屋を出たのだった。

8

降って湧いたような休暇——なにをしたらいいのかもわからず、ぼんやりと過ごす。

母が旅立ったあとなのは良かったのか、悪かったのか。祖父母から譲り受けた持ち家の一軒家は、いまどき珍しい縁側がある。

やることもないからと、夕方になってからホースで庭に水を撒く。

気づけばもう盆も過ぎていた。九月。休みも取れず、墓参りにも行かないままだ。本格的な秋になる前に、墓参りぐらいはしておくべきかなどと考える。

こんなに、のんびりするのは久しぶりな気がするが、たいした時間が経過したわけではないのだ。五月頭から九月に至るまでのたったの四ヶ月。

その四ヶ月で、将史の心は激変してしまった。

ホースの先にちいさな虹ができた。松の木の緑が、埃《ほこり》を落として、きらきらと西日を弾いている。

水を止め、ホースをたぐり寄せて端にまとめて置き、縁側に腰を下ろした。

「——ぼくがいなくても世界は回る。まあ当たり前だけどさ」

独り言。

フランツは、以降、独断で物事を進めるのはやめてくれと職員たちから突き上げられただけで済んだらしい。本国からも今後の注意をうながす勧告だけで済み、パーティー参加者からの評判も良好だったとのこと。

「アメリカ大使のなかには、自国の大統領が会食中に発作を起こして倒れたことですら、ひとつのパフォーマンスに利用した人もいたし……」

大使というより、大統領夫人の機転か。かつてブッシュ大統領が訪日し、会食中に倒れたことがある。大統領はすぐに意識を取り戻し、大事には至らなかったが、そのときブッシュ夫人は大統領が意識不明に陥った理由を、当時のアメリカ大使に押しつけた。

いわく——『アマコスト大使とブッシュ大統領がテニスのダブルスを組んで、皇太子チームと試合をしたが、大使のせいでアメリカチームは負けてしまった。それでブッシュ大統領は気分を悪くしたのです』。

ブッシュ夫人のスピーチはその場を和ませたし、アマコスト大使は「大使とはそのようなときのためにあるものだ」と、そのすべてを受け流したのだそうだ。

とんでもない出来事でも、咄嗟にいかようにでも利用し、流してしまえる技量。

「ぼくには、ないなあ。——フランツ大使はパーティーのアクシデントを利用して、デザイナーを日本のみんなにうまく宣伝したらしいけど」

さらにどういうわけか。あのアクシデントつきのパーティーのインパクトを利用し、関税自由化に向けての話し合いの機会がもたらされたそうだ。前から経済と貿易流通について、フランツは策を練っていた。これはメアリーの伝聞。

休暇になった翌日に電話がかかってきて「そんなわけで、気にしなくていいわよ。良い方向に回っているし、大使は責任を取らされて任期を短くされたりしないから」と一方的に告げて、切った。

休暇になっても、勉強するか、こうやって縁側で座って独り言を言うぐらいしか時間の使い道がない自分というものについて、つかの間、考える。

——怖いものは怖いと、認められるようになったし。

自分で思っていたよりずっと、将史の記憶のなかでは幼少時代の偽テロリスト事件が根付いていた。今回の事故では、咄嗟にパニックに陥りかけた。

身を挺《てい》して将史を守ろうとしてくれたフランツの姿が胸に焼き付いている。

——なんともなくて良かったけど、あれが本当のテロだったら、どうするんだろう。まったく、大使ときたら……。

大使ときたら、のあとに、毒舌を吐きたいのに、感謝の気持ちしか湧いてこないから、考えるのをやめた。

フランツ以外のことへと思考を飛ばす。国同士の争いや、主義がからんでのテロなどについて考えると、やっぱり恐怖で身がすくむ。でも、だからこそ「外交官になったら、そういう現実と向き合って、現実や社会を変えていけるのかもしれない」と前向きになった。

遊ぶのが嫌いなわけではないが、働くほうが楽しくなった。それは大使館でのバイトのおかげ。力のある大人たちが頭を使い、力を尽くし、働いている姿を見ていると、やりがいってこういうことなんだろうなと実感したから。

「でも……通訳で終えてたほうがいいかな、ぼくには臨機応変になにかに対処っていう知恵がないだろうし」

ぶつぶつと、ひとりで考えていることが空しくなって、口をつぐむ。

——ぼくは、自分の意思でなにかをはじめることを、たった六歳でやめてしまった。

それではいけないのだと二十二歳で悟った。非常ベルが鳴った音で思考を停止させ、固まっているような自分は嫌だ。守られる価値もないのに、フランツに守られてしまったことが、悔しくて、痛い。

嬉しいと思えばいいのに——つらいのだ。

フランツは将史のことを好きなわけでもないのに、自動的に身体が動いて、将史を守る行動に出た。なのに将史はぼーっと突っ立ったままだった。その人間としての行動力の差が、突き刺さってくる。

と。

「……って、ばかみたい。勉強しよう」

まずは目の前のことを片付けるべし。頭のなかではさまざまなことを考えて、回転させていようとも、身体はひとつなのだから、ひとつひとつ順番に、優先順位をつけてこなしていくこと。

という仕事の流儀は、フランツとメアリーに習った。

——って、ひとりで家で休暇で、しかもずっとフランツ大使のことばかり考えてる。

傷ついて穴の空いた心を埋めるものはなにもなく、記憶を反芻《はんすう》しては、欠けてしまった痛みを噛みしめる。

と——道の端に車が止まる音がした。表通りから少し奥に入った住宅地なので、車のエンジン音もわりと耳に響く。つづいて、門扉についているチャイムが鳴った。来客だ。

誰だろうと、首を傾げる。

平日の昼間に、なんの連絡もなしにやって来るような相手が思いつかない。知り合いは皆、この家にいまは将史しかいないことを知っているし、将史がいま働いていることも知っている。休暇を知らせた相手はいない。

友人や親戚ならば事前に携帯もしくは家の電話にかけて、いつ在宅なのかを確認してから訪れるだろうし——となると、見当もつかない。

いまどき飛び込みの営業なんていうのは、あるのだろうか。そもそも車で乗り付けて営業というのも、都会ではかえって不便なようなと思いつつ、重い腰を上げる。

一度、室内に入ってドアチャイムの応対をするよりは、塀越しにでも相手の様子を窺《うかが》うのが早いかと庭先に降りた。

サンダルを突っかけて、家の周囲に敷かれた砂利を踏む。足音は相手にも聞こえたようで、門扉の前にいた人物は、どういうわけか将史のほうへとブロック塀に沿って道を移動したようだ。

将史が出るまで待っていればいいのに、待てないのだろうか。

「チカ、いるのか？」

聞き慣れた声で、やっと馴染んだ愛称で呼ばれ――将史の足が止まる。

――フランツ？

驚いて声の方向へと視線を向けると、二メートルよりもう少し高い塀の上に手がかかり、平たい紙袋を持つもう片方の手が見え、次に、ゆっくりと人の頭が――茶色の頭髪が見え、さらにフランツの顔が塀の上に突き出て――。

「なにしているんですか？」

塀を乗り越えて、やって来ようとしているスーツ姿の美男子の姿を見て、将史は絶句する。

「……防犯的に、チカの家はどうなっているのだろう？　そこにカメラが設置されているのは確認したが、こうやっていると、警備会社に通報されて、私は即座に捕まったりするのかな？」

「カメラはつけてますが、通報されることはないです。通報は、窓硝子《ガラス》を割ったりなどの室内に侵入を果たしたときに会社に連絡がいくようになっていて、庭先までは……つまり、庭に入る人は、たいてい、室内にも入るだろうということで」

なにを説明しているのだ？

「そうか。じゃあ安心して乗り越えられるな。でもそれはあまり良くないね。いまのところひとり暮らしなのだし、もっと警備に気をつけるべきだ」

安心して乗り越えられても困るが――しかし、フランツはそう言い放つと、長い足をひょいとまたがらせて、ブロック塀を乗り越えて庭先へと飛び降りる。張られた芝に着地し「踏みつけて、すまない」と視線を落として謝罪し、すいっとつま先立って砂利を敷いた場所へと移動する。まるで芝に対して謝罪しているように見えて、思わず笑ってしまった。

失恋していても、フランツのやることに笑いを誘われてしまう。嫌えたらいいのにとは思わないけれど、せめて心が動かなくなればいいのに。

「大使館の警備についてあらためて見直していたら、チカの家の警備についても気になったから点検に来てみた。私に乗り越えられる塀というのは、実に危ない。チカの身になにかあったら、どうするんだ。契約を変えるべきだな！」

つかつかと将史の前に立ち、憤ったようにそう言うフランツを見上げる。

普通、大使というものはこんな形で職員の訪問をしない。フランツときたら、将史にしてみれば目を丸くしてしまうようなことばかりしでかす。それでいて、将史は、いつだってフランツのことを好ましいと感じている。

「そういうの、良くないです」

泣きそうになりながら、将史はフランツに言い返した。

「ああ、いきなり塀を乗り越えたことは謝罪する。綺麗に張られた芝の上を踏んだのも、申し訳なかった。ただ私はチカがどうしても心配で」

フランツが将史の頬にそっと指をのばした。なぞるように触れられ、将史の心臓がきゅっとちいさく握り込まれたようになる。痛くて、切なくて、トクトクと激しく鳴っている。

好きな人に触れられると、どうして恋が実ってなくても関係なく、ドキドキしてしまうんだろう。

「それから――そう、今日はこれを渡したかったんだ」

将史の頬を柔らかく撫《な》でてから、もう片方の手に持っていた平たい紙袋を掲げる。

「なんですか?」

「あの一時期に流行はしたけれど、ロングセラーにはならなくて、いまの流通には乗っていなかった。――古書店を探してもらって取り寄せた。『孤独な魚』だ」

袋を突きつけて「開けて」とうながす。手に取って、取り出すと中身はたしかに絵本で――

『孤独な魚』。暗い色調の濃い藍色の海を泳ぐ銀の魚の表紙。

「これ……」

「きみと話して、読み直したいと思った。きみにも見せたいと思ったから、持ってきた」

「こういうの……」

じわりと涙が滲《にじ》む。優しすぎるのは、良くない。その気もないのに、こういう態度を取られると、つらい。

「困ります。……ぼくが勝手に困ってるだけですけど、でもつらい。あなたは、ぼくのことどうとも思っていないのにこんなことばかりして、ぼくを困らせる。だから女の敵だって言われるんです」

「それはどういう意味かな?」

うつむいて絵本の表紙を撫でる。フランツの声が落ちてくる。

「このあいだの非常ベルだって、そうだ。ぼくがあなたを守るべきなのに、あなたは平気な顔で、ぼくをかばう。あなたは重要人物で——ぼくはただのバイトなのに、立場が逆だ。そういうことを自然にするから、みんながその気になる。ぼくも……」

「違う。きみは私にとっては誰よりも守らなくてはならない重要人物だよ」

「大使……なにを……?」

フランツの手が将史の顎《あご》にかかる。上向かせ、瞳を覗き込む。

「ひと目惚れだった。いつも虐《いじ》めたり、からかったりしていないと、きみが大好きだよと真剣に告白しそうだったから、それできみには冗談ばかり言っていた。最終的に気持ちを撃ち抜かれたのは、同じ絵本の、同じ詩に心を惹かれていたという事実を知った夜だ。なんだか運命的なものを感じてね」

「それは……」

将史も、同じ詩を知っているフランツに、引き寄せられるものを感じていた。同じものに心惹かれ、記憶してきたセンス。違う国籍で、年も違うのに、共通のものを知って、覚えていたというそのことが嬉しかった。

「私はロマンティストでね。だから、この絵本を手に入れて、これを手渡すことできちんと告白しようと決めていた。チカ、私はきみが好きだ。恋人になってくれ。——もうすでにきみは私の女房役のはずなのに、それだけじゃ足りない。ちゃんと両想いになって、結婚の前に、甘い恋をしよう」

「……大使？」

なんとなくまだ女房役についての誤解があるような気もするが——いや、理解しているからこの言い回しなのだろうか。ぐるぐると言葉が脳内で渦巻き、うまく把握できない。

「恥ずかしい話だが、自分から誰かを好きになったことがないんだ。たいてい好かれる一方で、いつでも相手がこちらに合わせてすり寄ってきた。だからいざ人を好きになってみると、どうやって好意を示すべきかがよくわからなくてね。ところどころ失敗したのは自分でもわかっている。だが反省はしない」

「フランツ大使?」

胸を張って傲慢《ごうまん》に「反省しない」と言ってのけるフランツに、目を丸くする。

「特に、きみとセックスしたやり方が最悪だった。はじめての夜をあんなふうにすべきじゃなかった。もっと大切にしたかったのに、誘い方も最低だった。無理強いしたのではと思うと、自分で自分を絞め殺してしまいたかったよ。でも制御できなくて……あまりにもチカが可愛らしいし、赤毛美人とやらに渡したくなくて、とにかく早くしなくてはと焦って……」

「赤毛の美人は……」

誤解されて、かつ、嫉妬《しっと》されていた?

「しかもチカにとってはあれが初体験だったと告白されて……生まれてはじめて、私は、どういう態度を取れば適切なのかということを自分で判断できない状態に陥った」

しかつめらしい顔でフランツが言う。

「チカに触れたいし、話しかけたかったけれど——そうすると嫌われるようなことをしてしまいそうで、つい、避けてしまった。思春期の少年だって、もっとうまくやり遂げるだろうことが、私にはできなかった。笑うかもしれないが、初恋だったんだ」

「初恋……ですか?」

「この年にして、自分の行動も精神状態も、なにもかもをちゃんと制御できなくなるほどの恋をした。だから私にとっては、これが初恋なんだと思う。いままでとは、なにもかもが違った。——だから気持ちの整理をしたくて、自分を落ち着かせなくてはとチカとの距離を少し置いてみようとして——冷たい態度を取ってしまった。すまなかった」

「あ……」

手軽に手を出して、でもその責任を取りたくなくて避けているのかと思っていたのに——思春期の少年みたいに、戸惑ってしまって、距離を置いていた？

絶対に他人が言ったら「嘘をつけ」と言うだろう台詞なのに——フランツならば、納得させられてしまうのは何故なのか。大人なのに、少年みたいなフランツだから、妙な説得力がある。

「冷静になって、考えた結果、プロポーズをすることにしたんだ。それに考えてみれば、チカも私のことを好きなことは、わかってた」

「な……」

「それはさすがにわかる。伊達にいままでずっと、あらゆる人たちに好かれて生きてきたわけじゃないよ。好意の波動は、伝わる。でも——チカが、私を好きになることに、迷っていることも伝わっていた」

なんて強気な台詞。でも事実なのだから、否定することはできなかった。

実際、その通りだから。将史はフランツに恋をして、けれど好きになることを迷っていた。

言葉を返すかわりに、絵本を胸に抱きしめる。

なんだか――どうしたらいいのか、わからない。信じていいのかも、わからない。幸福がひたひたと心を満たすが――同時に、混乱もしている。

「私も――チカを好きになることに、戸惑っていた部分があった。なにせ初恋だから。そのせいでチカを傷つけてしまった。本当に、すまない。見たこともない赤毛の美人に嫉妬したり、最悪だ。嫉妬して、寝て、勢いで手に入れようなんて……」

フランツが将史の唇にちいさくキスを落とす。触れるだけのくちづけ。離れていったあとで、ささやいた。

「嘘？　あれはぼくがスパイかどうか疑って、それで側に置いておきたくて、ああなったのかと……」

「なんでそんな発想になるのか不思議だな。スパイだと思ったことは一度としてないよ。実際に違ったし……ただ、赤毛の女性をどうして探してたのかはいまだに疑っている。赤毛の美女はやめておきなさい？　チカを幸福にできるのは、目の前の男だよ」

「赤毛の女の人は……先輩に頼まれて……というか、その……」

「あの夜の挽回をさせて。もう少しロマンティックなところからはじめよう。あんな口説き方は最低だ。――チカ、恋人になって」

「でも、ぼくは男です。大使のパートナーは女性であるべきだと……」

「セシリア共和国は自由な国だ。それに、つい最近、とある国で同性愛者の女性が大統領になったばかりだし、大使に男の恋人がいてもそれで差別されるようなことはないだろう。区別はされるだろうが……それについては互いに考慮しながら、乗り越えていけると思うよ？」

孤独でちいさな魚の絵本を抱きしめているうちに――夢見心地になっていく。フランツの言葉のひとつひとつが、甘く、将史の心を溶かしていく。

「私はきみのためなら、いろいろなことを乗り越えていくことができると思っている。きみはそうは思ってくれないのかな？　そこまでは私のことを愛していない？」

「そんなことないです。ぼくは大使のことを……」

勢い込んだ口調で言い返したら、フランツが笑った。

「だったら、たぶんこれから出てくる山積みの案件のすべてを、ふたりで越えていこう。愛している。私たちならそれができるよ。だからキスをして？　きみからの愛のこもったキスをもらえたら、それだけで私は幸福なんだ」

笑みを湛えた輝く双眸に見つめられ、将史は、勇気を奮い起こしてフランツの唇に、唇をぶつけた。キスとは呼べないようなそれを受け、フランツが柔らかく微笑む。

「そういうチカが大好きなんだよ」

お返しにと――フランツからは甘く、深いくちづけが返ってくる。開いた唇のあいだに忍び込む舌が、将史の口腔をかき混ぜる。うっとりとした陶酔に包まれ、目を閉じる。

――私たちならそれができるよと、そう言い切ってしまえるフランツが好きだ。

目の前にあるのはそれだけ。そしてきっと、フランツならやってのけるだろうし、将史もまた、フランツのためになら己の思う以上の力を発揮できる気がした。

深く味わうキスのあと、将史をぎゅっと抱きしめてから、こめかみに唇を押しつけてささやく。

「――名残惜しいが……仕事の途中なのでね。夜にまた来てもいいかな？　泊めてくれる？」

もっと年若い少年が、できたての恋人に恐る恐る聞くような言い方でフランツが言う。

「はい」

将史は、ほわほわと地に足がついていない心地のまま、うなずいた。


なにをして夜を待てばいいのかわからないから勉強をし――夜に来るのならばなにか手料理でもてなすべきかと買い物に行き、しかし将史にはこれという料理のレパートリーはなく、ちょっとだけ高級な総菜屋で総菜をいくつか買うことでお茶を濁した。

掃除でもしようかとぱたぱたとそのへんを整頓して回り、身体を動かしながら「どうしよう」と意味なくつぶやく。

来るっていうことは、そういうことかなと――なにが「そう」なのかはさておき、汗を流すためにシャワーまで浴び、いつもより丁寧に全身を洗っている自分に苦笑する。

　頭のなかに綿菓子が詰まったみたいになっている。

　そわそわと落ち着かないまま、渡された絵本を読み進める。記憶のなかにあるフレーズ。そしてそのあとの、忘れ去っていたフレーズ。

　孤独なちいさな魚は深海を進み、自分と違う大きな魚や、形の違う魚と出会い、最後にはちいさな魚だけで群れを作り、大きな魚を形作って悠々と海を泳ぎ去る。それに対する、巨大なランタンを照らすアンコウのつぶやき。

『ちいさきものの狡猾《こうかつ》さと自由さと』。

　ずいぶんと意味深な内容だ。なんでまたこれが絵本になったのかと、大人になって読むとクビをひねるような内容。

　十時を過ぎて、フランツが将史の家を訪れる。

　招き入れると、フランツが、将史の用意した食膳に、にっこりと笑顔を見せる。

「ちょうどお腹が空いていたんだよ。チカが空腹かどうかを聞いて、一緒に外にディナーでもと誘おうかと思っていたのに、用意してくれたなんて、嬉しいな」

　つられて笑顔になり、いそいそと準備する。ナイフとフォークを持ちだしたら、フランツが胸を張って「いや、箸で」と片手で制した。

「でもミートローフとサラダとニョッキですよ？」

「そうか。せっかく箸が使えるようになったのを見せたかったのに」

くたりと耳を伏せた犬のようにうなだれたフランツに、将史は困ってしまう。まったくどうしてこんなに、わかりやすく可愛いのだろう。

「このあいだ見せていただきましたよ?」

「見せ足りない。もっともっと見せて、素晴らしい私の箸使いに感心されたい」

「箸使いチャンピオンシップにでも出るおつもりですか?」

「そんなものがあるのか?」

「ないです」

即答してから「たぶん」とつけ足す。

と——フランツが目を瞬かせて将史を凝視した。

「チカもとうとう、私に言い返すようになったんだな。少しは私に慣れてくれた?」

「え……あの、はい」

しどろもどろになってうなずくと、フランツが満面の笑みを浮かべた。

「もっと慣れて——もっと私を好きになって——もっともっと私のことを知ってくれ。私もチカのすべてを知り尽くして、愛するから」

言われた台詞が将史の心の奥まですっと染み込んでいく。

フランツは天然で将史を振り回す。

「そういう困った顔がとても可愛い。参ったな。食事より先にチカが欲しい」

「え……」

「一食ぐらい抜かしても飢えないけれど、いまチカを補給しておかないと私は愛に飢えてしまいそうだよ。ずっと我慢していたんだ。いいかな」

問いかけはするけれど、返事は「ＹＥＳ」しか受け付けないという言い方。立ち上がり将史の手を引いて、抱きしめる。耳たぶにくちづけて「ここで？」とささやかれたので、羞恥で頬を火照らせて「ぼくの部屋で」と応じたのだった。


フランツがそこにいるだけで、馴染んでいた自分の部屋が、別の空間に見える。

フランツは不躾に感じさせない程度の好奇心に満ちた様子で、周囲を見回した。将史の生活ぶりが気になるのだろう。将史がフランツの大使邸の寝室に入ったときは、部屋の様子を探るどころじゃなく、いっぱいいっぱいだったのにと思うと、経験の差を感じ、ちょっとだけ悔しくなった。

「あんまり見ないでください。なんだか恥ずかしいから」

「わかった。だったらチカだけ見ていよう」

「……それも……」

ちいさな笑い声と共に、フランツが将史をベッドへと優しく押し倒す。将史のシャツのボタンをひとつひとつ丁寧に外し、デニムのファスナーを下ろす。

目元や、頬や、のど――あらゆる場所にキスをして、舌先でくすぐり、将史の肌をフランツの唾液《だえき》で濡《ぬ》らしていく。触れられた肌が気化されてひやりと冷たい。

愛撫《あいぶ》に膨らんだ胸の先端を、フランツが甘く噛む。

「……んっ」

そこが感じる場所だと教えてくれたのはフランツだ。それだけではなく、官能のすべてを将史の身体に教えたのはフランツだけだった。

「や……恥ずかしいから、やめて」

小声でささやき、乳首を嘗《な》めるフランツの身体を押しのける。

「どうして?」

「普通……男はこんなふうに感じないのかなって思って。わからないから……なんだか恥ずかしいんです」

正直に応じたら「どうしてきみは」とフランツが絶句する。

「無防備にそういう可愛いことを言うから、虐めたくなる」

「な……」

フランツの双眸が熱を帯びる。見つめられるだけで心が震える。

求められていることがはっきりと伝わってくる。くちづけながら、将史の衣服を一枚ずつ剥《は》いでいく。

フランツはすぐに自分の衣服も脱ぎ捨てて覆い被さると、将史の屹立《きつりつ》と自身のそれを重ねて握り、擦りはじめた。

「……や……」

高ぶっている身体が、さらに煽《あお》られる。扱かれる刺激もそうだが、フランツのものと重ねて握られ、擦りあわさっていると思うと、蜜が滴るような快感で身体がいっぱいになった。

ふたりの先走りの液が互いの竿《さお》を濡らしていく。とろとろと溢《あふ》れる液を、フランツが指先で掬《すく》い上げる。

「んっ」

感じすぎて逃げようとする身体をフランツが止めた。将史の左手を握りしめ、指をからめ、ベッドに押しつける。

全身をシーツに縫い止めて、くちづける。舌で唇を嘗め、口中を探り、口蓋《こうがい》をくすぐる。ねっとりとからみつくようなキスが全身を熱くする。頭のなかまで燃えていく。

長くつづくキスに舌の根までもが痺《しび》れていくようだった。口中が性器になったかのように鋭敏になっていく。舌を吸われ、歯列を辿《たど》られたりする度に、えも言われぬ快感がうなじから腰まで駆け抜けていく。

フランツが将史の手を胸元に引き寄せ、将史の乳首を擦るようにくすぐる。

「や……だ」

「どうして？　触って欲しくてこんなに膨らんでいる。確かめてみるといい」

ささやいて、からめていた指を離し、将史の手を自由にする。

「そんなの……」

自分で胸を愛撫するなんて恥ずかしくてできないと、睨《にら》みつけると、フランツがちいさく笑う。

「――まあ、じきに、そういうこともしてもらうとして……今日は、そこまで求めないことにしよう」

フランツが将史の胸に唇を寄せる。音をさせて胸の粒に吸いつく。快感に背中がしなる。

「は……」

竿を擦っていた手が離れ、将史の後孔を辿る。濡れた指が後孔に侵入する。縁を広げるように、浅く入れて、くるりと内部をかき回す。

後ろを探る指の感触に、内奥がきゅっと絞られた。

自分の呼吸が乱れているのがわかる。浅く、短くなる呼吸に合わせ、下腹がうねる。

下半身からこみ上げてくる快感の波が全身をトリップさせている。なにも考えられなくなり、フランツの指や唇がもたらす甘い痺れに寄り添い、喘《あえ》ぐことしかできない。

「チカと私のとで、ずいぶんと指が濡れたのに、やっぱりこれだけじゃ足りないね。もっとちゃんと濡らさないと」

一旦、離れ、フランツは持参したのだろう潤滑剤を取りだし、将史の竿や、その後ろに至るまでをべとべとに濡らした。垂れていく液体の冷たい感触が将史の全身を震わせる。

「……っ、ん」

跳ねた下腹を片手で押さえ、フランツは将史の屹立の先端を指でなぞる。

「チカのここ……綺麗でいやらしい赤い色だ。手触りもいい」

割れ目のある先端を指の腹で押さえ、くりくりといじりながらささやく。

「なに……言って……」

「ベルベットみたいな感触だよ。濡れると滑らかになる。ずっと触っていたい」

これ以上熱くなることはないだろうと思っていたのに――妙な褒め言葉を注がれて、さらに顔が火照る。

「ここも――特にこの奥が……」

フランツの指がするりと滑り、後孔をこじ開けた。奥にある前立腺を指で引《ひ》っ掻《か》かれ、将史はハッと息を飲む。火花が弾けたみたいな快感が内部を支配し、腰を捩《よじ》る。

「や……だ、そこ……、やめてください……」

「チカはこんなときでも素直じゃないなあ。駄目とか、嫌だとか、そういうのばかり。本当は気持ちがいいのに、どうしてもっと触ってって言えないのかな」

「……だ……って」

そんなこと恥ずかしくて言えない。ついこのあいだ初体験を済ませたばかりで、いきなりそのハードルは高すぎると、恨めしくフランツを見上げる。

フランツがくすりと笑い「そこが可愛いんだけどね」とつぶやいて、将史の身体を反転させる。

「え……？」

シーツに突っ伏して、尻をフランツに向けた体勢を取らされ、どういうことかと首を捻《ひね》って後ろを見た。

「今日は、入れてってちゃんと口でねだってくれるまで、ここを虐めるよ」

宣言し、フランツは将史の後孔にくちづける。

「や……汚い……そこ」

「そう？　でもちゃんと綺麗にしてくれているみたいだけど？　私が来るのに合わせてチカはシャワーを浴びてここも綺麗にして待っていてくれたんじゃないかな」

「……っ」

そうだ。シャワーも浴びたし、もしかしたらと思って綺麗にもしたけれど……。でもそれを指摘されると恥ずかしくてたまらない。

「そういうのは嬉しいよ。私にこうされるのを待っててくれたってことは、私とのセックスを気に入ってくれたんだよね？　男としてはそこは大切だからね。私もチカと、したかったんだ。チカの身体は他の誰よりも素敵だったよ」

「比べ……ないで……」

「ごめん。言い方を間違えたね。比べようがないくらいチカが好きだよ。チカの全部が好きだ。もっと好きにさせて」

朦朧《もうろう》としているなかに、熱烈に甘い台詞を注ぎ込まれて、どうしたらいいのか。将史はもう考えることは、やめた。手放しで、フランツに導かれるままに、快楽の手ほどきを受ける。

下腹に手を当て持ち上げ、尻を突き出す姿勢を取らされる。

それから、フランツの指と舌とが同時に後孔に入ってくる。くちゅくちゅという淫《みだ》らな音が後ろで弾けている。

指が増やされ、少しずつ、後ろがほぐれていく。浅くのびた縁を指の腹で辿られると、腰のあたりで快感がうねった。

前立腺を指が擦り上げる。内襞がうねり、出し入れされる指にからみつく。なかで広げられた三本の指がばらけて動き、たまらなくなって腰が揺れる。

のびた縁に生じるひりつくような痛みを、フランツの舌が拭《ぬぐ》い去る。痛みが次の瞬間には甘い快感へと変じる。苦痛と官能の距離は近いのだと思い知る。

「……あ、もう……」

肉襞はフランツの指で柔らかくこねられ、まとわりつく。指をなかへと誘うようにうねり、きゅっと絞られる。

上半身はくたりとシーツに崩れ落ち、汗が滴り落ちて染みを作った。

「私が欲しい？」

フランツは指を後ろに入れたまま身体をずり上げ、将史を後ろから抱きしめ、耳元でささやいた。

耳朶《じだ》を優しく噛み、耳殻を舌でなぞる。ざわりとした感触が頭頂から腰までを、うねっていく。

「欲しいなら、そう言って」

そそのかす台詞に、がくがくと腰が揺れる。

支えられていないと崩れてしまいそうだ。身体がばらばらになって、甘い蜜のなかに蕩《とろ》け、消えてしまいそうだ。自分の肌と、フランツの肌との境界がわからなくなる。汗で濡れた互いの身体が、貼りつき、溶けていく。

フランツのもう片方の手が将史の胸元を探る。ツンと尖《とが》った胸の粒をつまみ、紙縒《こより》を捻るようにくりくりといたぶる。

「は……あ」

後ろを刺激され——乳首をいじられ——たまらなくなって悲鳴を上げた。

閉じた目尻から涙が溢れる。チカチカと閃光《せんこう》に似たものがまぶたの奥で弾けた。

「欲しい……。フランツ……大使……ください。あなたの……」

「こんなときにまで役職で呼ばれるのも、それはそれでいやらしい感じでそそるけれど……でも恋人なんだから、名前だけで呼んで」

「……恋人……」

ふわりと落ちてきた台詞が、將史の思考の奥で点滅する。

自分とフランツは恋人なのだ。相思相愛なのだ。いまだ、信じられない。

「フランツ」

そっと呼んでみる。

答えるように、フランツのキスが耳朶に落ちる。胸を虐める指にきゅっと力が込められ、將史の身体がぶるりと震える。

「ん……フランツ……欲しい。くだ……さい。ぼくにあなたの……」

「かすれた声が色っぽいね」

フランツの声だって、色っぽくかすれているのに、そんなことをささやき、フランツは將史の後ろから指を引き抜く。

すぐに指の代わりに、もっと熱くて太いものが後孔に押し当てられる。

指と舌でほぐされた内襞が、フランツの楔《くさび》を、引き込むように蠢《うごめ》く。襞が捲《めく》れ、フランツの楔にからみつく。先端の太い箇所をゆっくりと慎重に埋めてから、そのまま奥まで一気にぐいと押し入れる。

「あ――」

前立腺を固いもので突かれた刹那《せつな》、目の裏で閃光が走った。

後ろがひくつき、熱い迸《ほとばし》りが自分の下腹を濡らすのを感じた。

「や……あ……ああ」

入れられた途端、射精してしまった。

太ももが痙攣《けいれん》している。体重を支えきれなくて、くたりと突っ伏してしまいそうになる。

フランツが将史の腰を支え、将史の欲望に指をからめる。残滓《ざんし》を絞り取るように二、三度扱かれると、先端から滴がたらたらと零れ落ちた。

「本当に、どうしようもなく可愛いね。どれだけ愛しても、愛し足りない気持ちになるよ」

含んだ笑いを耳に注ぎ込まれ、全身に震えが走る。

達したあとの敏感な竿を優しく握りしめたまま、抽挿《ちゅうそう》をはじめる。つながった箇所から濡れた音がしている。将史の欲望を擦るまではせず、やわやわと、手のなかでその感触を楽しむように、力を入れたり抜いたりをくり返す。そのリズムに合わせて、屹立で、内側の前立腺を刺激する。

「ん……」

達したばかりなのに、自身の欲望が硬度を増すのを覚え、目眩《めまい》がした。何度でもイッてしまいそうだ。身体は疲れているのに、欲望が牽引《けんいん》し、将史をまたさらに強い快感へと引きずり込んでいく。

「……あ」

いっぱいに飲み込んだ後孔の縁を擦られ、気持ち良くて、身体がしなる。前立腺もそうだが、浅い場所を刺激されると、痛みと同時にざわめくような快感がある。

いくつもの快感の引き出しをフランツの手によって組み込まれ、露《あら》わにされる。

「つらそうだね。その、つらいけどたまらないっていう顔を私に見せて」

突っ伏したままの上半身を起き上がらせて、顎に手をかけて、後ろへと振り向かせる。覆い被さるようにしてくちづけられて、吐息ごと、なにもかもを持っていかれた。

「もう……や……だ。おかしくなる……」

「おかしくなればいい」

からかい混じりの笑い声と共に、フランツの抽挿が激しくなる。将史の尻にフランツの太ももが当たり、打ちつける音が鳴る。

「……あ……いく……また……」

フランツの息づかいに合わせて、将史の呼吸も忙しくなる。

呼吸は激しいのに、息の仕方を忘れたみたいになって、目眩がする。もうどうにもならなくて——なにも考えられなくて——必死に喘いで、身体の奥で快感がうねるのだけを感じていた。襞が捲られ、擦られて、後孔が収縮する。全身に鳥肌が立ち、汗が噴き出る。これ以上の快楽なんてないと思っていたのに、さらに高みが——あるいは深みが待ち受けていた。強すぎる衝動に我を忘れ、悲鳴のような声を上げる。

フランツの屹立を強く締め付けたのと同時に、フランツもまた将史のなかに白濁を零した。感じるはずのない内奥が、フランツの熱を受け止めて、ひくひくと蠢いているような錯覚。

将史のまぶたの奥でフラッシュが瞬き——将史は、甘美な蜜に満たされたまま、意識を手放したのだった。

※

一週間の休暇をもらい——メアリーと交替で大使館に出勤する。

忙しさは以前と似たようなもので、一日の流れも、一週間の流れもまた同じで忙しない。職場に戻った将史は、激流のなかを必死に泳ぐ魚だ。

朝のレッスンも再開することになった。

「で――赤毛美人は見つかったのかな?」

フランツが将史に問いかける。いつのまにか赤毛の美人についての話題は、ふたりに共有のジョークのひとつになっていた。

「見つかりません。セシリア共和国には美人が多すぎて」

しかも安原《やすはら》もまた、冗談のひとつであるかのように、将史に聞いてはくるものの、追及はしないのだ。

「否定しない。でもチカ以上に可愛い人はセシリアにもいない」

箸を上手に使えるようになったフランツの食事風景を見守っていると、ときどき、ひな鳥に餌を運ぶ親鳥のように、フランツが将史の口元に食物を運ぶ。

くすぐったいような、妙な幸福感に包まれ、笑ってしまう将史だ。

ストレートに褒められ、照れて、話題を変える。

「通商問題に大使が前面に立つことはまれなんですよね」

今日は牛肉の輸入問題での個別交渉会議に出席するので、その関係のニュース記事などを訳していく。

「そう。パーティーの企画のときにも言ったが、個別の交渉で前面に立つことはまれだろうね。セシリア共和国の経産省から通商のエキスパートが対応するのが普通だが、いまの日本に対しては私が出ることで円滑に進むのならば、それでいいと思っているよ。私は結局、商人からスタートした大使だからね。経済問題がやはり気になる」

すべてにおいて有能と見えたフランツのなかでも、得意分野と不得意分野があることを最近になって知った。

フランツは船舶を所有する貿易商が出自で、一族みんなが、フランツいわく「金儲けが一番好きな商売人たち」なのだそうだ。

その商人の手管でもって、パーティーも無事に終え――さまざまな難題やアクシデントを、オセロの黒白をひっくり返すように返して、自国に有利なように展開させていく。

フランツの側にいると新しい世界が見える。

「そういえば……『孤独な魚』の感想を聞いてないな。どうだった？」

ふと、フランツがそう聞いてきた。手渡された絵本はくり返し読んだ。でも、休暇のあいだは、睦みあうのに熱心で、絵本の感想を言う暇もなく……。

休みがあけて仕事モードになって、やっと互いに衣服を着て話している気がする。

そう思うと、恥ずかしくて頬が熱くなった。なにを思いだしているんだ自分はと叱咤《しった》する将史だ。

「大人になって読んでみたら印象が変わりました。この世界に、ちいさな魚なんて本当はいないんだよって、言われている気になった。平凡な孤独なんてどこにもなくて、そうやって自分を宥《なだ》めて、逃げていくのは卑怯《ひきょう》だよって怒られている気になった」

――という解釈は、人それぞれだろうけれど。

ああ、自分もまた少し年を取ったのではと――読んだときに感じた。

大人になりたいと思っているのだと――モラトリアムを抜けたのだと実感し、驚いた。最初の一歩を踏み出して、社会に出たい。苦難があろうと乗り越えたい。トラウマなんて踏みにじりたい。そういう強い衝動がいつのまにやら将史の内部に形作られていた。

二十二歳にして、やっと――。

「詩の本題は、たぶん詩人本人にしかわからない。受け取った側は好きなように解釈したらいいと私は思っているよ。どんな生き方をしていようが、他人と比べて勝手に孤独になってしまうのは不幸なことだ」

「というのが大使のいまの感想ですか？」

「そのときどきの状況に応じ、周囲にいる魚の種類にも臨機応変に対応し、大きくなったり、ちいさくなったり、孤独にも卑怯にも、とにかく幸福に生きのびるために知恵を使えというのがいまの私のその詩に対する感想かな」

少しだけ意地悪く双眸が光る。押したり引いたりの駆け引きを得意とする、大使の顔。

「チカは具体的にはなにがしたい？　外務省に入省したとして、その後の展望は？　我が国との対策に駆り出されたりして、こちらの弱点をついてきたりする立場になるのかな」

「……どうでしょう。まず試験に受からないと。そのあとで外務省に入れてもらわないとならないし……先はまだまだ遠いので」

いつまでもこのふたりの間柄がつづくのではなく、一時的にせよ、フランツと将史の関係に距離ができることは互いに了解済みだった。

悩まないわけではない。

けれど——それでも「いつかふたりの道がつながるように、私は努力する。きみもきみのいきたい道を進むといい」とフランツが言ったのだ。

手放しの愛情をフランツは将史に捧げてくれているのだと実感した。

「楽しみだな。いざとなったら、私は大使を辞めてチカのところに嫁入りするから、ぜひともどんどん出世するように」

ＦＡＸで毎朝流してもらっている自国の新聞をテーブルにばらまいて、フランツが笑う。

「まさか。そんなことできるわけ……」

「まさか？　私はやろうと思えばなんだってできる。そもそもが商人なので、大使を辞任したところでもとの仕事に戻ればいいだけだし、日本を拠点にしても困ることはない。もちろん世界各国を拠点にできるし——チカがいくところに、どこでもついて回れるさ。回遊魚のようにね」

将史の手を引き、額に唇を押しつけて、目尻にしわを寄せて微笑む。

大人の男だと感じさせる笑いじわ。たくさんの経験を積んだ男が、将史のためならいまの仕事など捨てると言い放つ。だから好きなように生きて——望みの地位まで昇ってみろと、努力をうながす。

「私は愛のために生きる男なんだ。惚れた相手のキスひとつで、なんだってやる」

だからキスをして、と、フランツがささやいた。

将史は背伸びして、フランツの唇に唇を合わせる。

はじめは触れるだけだったキスが、じきに熱を帯び、深いものへと変わっていく。

少なくとも、と将史は、フランツの腕に抱きとめられて、思う。少なくとも自分はもう孤独な魚ではない。愛ゆえの切なさと孤独を噛みしめるときが来ようとも——本当の意味の孤独を感じることはもうないだろう。

将史は、フランツの首へと手を回し抱き返し、この人に見合うだけの自分になりたいと胸に誓った。

あとがき

こんにちは。もしくは、はじめまして。佐々木禎子《ささきていこ》です。

今回は大使館のお話になりました。

たまたま、旧フランス大使館の建築物を取り壊す前に一般公開するイベントというのがあり、それを友人と見に行ったあとに、担当編集さんと「次はなに書きますかね」というお話をしたので「大使館なんてどうですかね〜」という流れになったのでした。

そのときに同行してくれた友人の関係者が、某国の大使の知り合いで……みたいなことも聞きながらの旧フランス大使館建築物見学だったので、気持ちが「大使館！　大使！　外交官！　なんかかっこいいんじゃない？」と盛り上がっていたような気がします。

が、私が書く大使館とか大使になると、途端に、地道に働いてますっていう大使になってしまいました。当初はキラキラしてセレブっぽい感じでと夢見て書きはじめたはずなのに、どうしてこうなった⁉

まあそれが私の作風で、味わいだということで、ひとつ。

こういう職業ものっていままでは調べ物がとても大変だったのですが、今回はたまたま知人に上級公務員試験の面接官を担当したことがある人がいたりもして、聞けば答えてくれるブレーンがいたのがありがたかったです。その分、地道度に加速が増した気がします。そしてあとがきで「地道とか地味であること」をこんなに主張しているのも、我ながら、どうかと思います……。

次はキラキラしたいと毎回思うんですけどね。

で、作中にある共和国は架空の国です。架空なのでいろんな国の名前が混じってもOKなお国柄という逃げ道を作ってます。出てくる絵本も架空のもので、詩も、私のでっちあげでございます。

こういう「基礎の部分をなにもかもでっちあげてお話を作る」っていうのは大好きなのでとても楽しかったです。うまく現実と架空部分とが混じりあっていればいいのですが。

イラストの有馬《ありま》かつみさま。美麗なキャラたちをありがとうございます。攻めのフランツ大使がかっこよく、ラフを拝見したときに「これだったら変人でも仕方ないか」と納得しました。感謝です。

担当編集さま。原稿の中身だけじゃなく私の性格まで褒めていただきまして、ありがとうございます（笑）。町内のゴミ拾いをしたりしてさらなる善人になろうと思います（真顔）。

この本を手に取ってくださった皆様に。最大の感謝と愛を込めて。ありがとうございます。少しでも気に入っていただけると嬉しいです。

この本を読んでのご意見、ご感想を編集部までお寄せください。

《あて先》〒105−8055　東京都港区芝大門2−2−1　徳間書店　キャラ編集部気付

「治外法権な彼氏」係

■初出一覧
治外法権な彼氏……書き下ろし

治外法権な彼氏

……キャラ文庫

2010年10月31日 初刷

著者 佐々木禎子
発行者 吉田勝彦
発行所 株式会社徳間書店
〒105-8055 東京都港区芝大門2-2-1
電話048-451-5960(販売部)
03-5403-4348(編集部)
振替00140-0-44392

印刷・製本 図書印刷株式会社
カバー・口絵 近代美術株式会社
デザイン 片岡由梨香

ISBN978-4-19-900590-9

好評発売中

佐々木禎子の本
【執事と眠れないご主人様】
イラスト◆榎本

一人暮らしの条件は、お目付役の執事を置くこと！ 18歳にして起業している翠《みどり》は、仕事中毒《ワーカホリック》で不眠症気味。そんな翠を心配して両親が寄越したのは、初恋の人・斎昭《なりあき》だった!! 家事に経理にPC《パソコン》まで、完璧な執事ぶりを発揮する斎昭は、昔は「翠くん」と呼んで遊んでくれた優しいお兄さん。でも再会した斎昭はクールで、「ご主人様」と慇懃無礼《いんぎんぶれい》にかしずいて…。想いを引きずる翠は、思わず反発して!?

好評発売中

佐々木禎子の本
【弁護士は籠絡される】
イラスト◆金ひかる

弱小法律事務所に所属する弁護士の真琴《まこと》は、裁判所と仕事場を往復する毎日。そこへ大手を蹴って将来性抜群な新人・公平《こうへい》が入ってきた!!　小さな事件も真摯に取り組む男前は、「ここを選んだ理由は、あなたがいたからです」と甘え上手。公平になつかれ、なぜか休日まで過ごす羽目に。次第に公平に惹かれる真琴だけれど、そんな時尊敬する先輩弁護士の宗近《むねちか》に、強引に口説かれ始めて!?

好評発売中

佐々木禎子の本

【僕の好きな漫画家】

イラスト◆香坂あきほ

月刊誌で少年漫画を連載中の瞬《しゅん》は、売れ行き微妙な漫画家。瞬が家庭教師をした元教え子の澄夫《すみお》が愛読者第一号だ。澄夫の凜とした クールな美貌は、同性から見ても男前。年下なのに料理も洗濯もしてくれて、有能なマネージャーのよう。原稿を手伝ってくれる澄夫に、軽口で「愛してる」と告げる瞬。そのたび、「軽々しく口にしないで」といつもは穏やかな澄夫がなぜか苛立ちを露《あらわ》にして!?

好評発売中

ミステリ作家の献身
佐々木禎子
イラスト◆高久尚子
傷つけても、傷つけられても、
側にいたい——
キャラ文庫

佐々木禎子の本
【ミステリ作家の献身】
イラスト◆高久尚子

念願叶って玩具《おもちゃ》博物館の学芸員になった悠太《ゆうた》に、人気覆面作家から取材の依頼!! ところが現れたのは、なんと9年前に別れた元恋人の竟《きわむ》だった！「お互い割り切れるならセフレにならない？」竟に誘われ、自ら別れを告げたくせに未練を残す悠太は、心とは裏腹に承諾してしまう。けれど甘い睦言を囁かれ、自宅に招かれる悠太はセフレというより恋人のよう…。竟の優しさに混乱する悠太だが!?

好評発売中

佐々木禎子の本
【極悪紳士と踊れ】
イラスト◆汞りょう

火事で焼け出されて、家も仕事も失った裕介《ゆうすけ》。そこへ救いの手を差し伸べたのは、高校時代の先輩で、カフェを経営する豊《ゆたか》だった。全てを見透かすような眼差しが苦手で、豊が大嫌いだった裕介。けれど豊は、なぜか家賃も取らず店の２階に住まわせてくれると言う。一方的に翻弄されていたあの頃とは違う——。警戒する裕介だけど、「俺たちは好き同士だから反発してたんだ」と強引に迫られて!?